Ernst Curtius

Erläuternder Text der Sieben Karten zur Topographie von Athen

SALZWASSER
VERLAG

Ernst Curtius

Erläuternder Text der Sieben Karten zur Topographie von Athen

Unveränderter Nachdruck der Originalausgabe von 1868.

1. Auflage 2022 | ISBN: 978-3-37506-146-3

Verlag: Salzwasser Verlag GmbH, Zeilweg 44, 60439 Frankfurt, Deutschland
Vertretungsberechtigt: E. Roepke, Zeilweg 44, 60439 Frankfurt, Deutschland
Druck: Books on Demand GmbH, In de Tarpen 42, 22848 Norderstedt, Deutschland

ERLÄUTERNDER TEXT

DER

SIEBEN KARTEN ZUR TOPOGRAPHIE

VON

ATHEN

MIT LITHOGRAPHIRTEN BEILAGEN UND HOLZSCHNITTEN

VON

ERNST CURTIUS.

GOTHA,

VERLAG VON JUSTUS PERTHES.

1868.

Je mehr sich das Interesse für das klassische Alterthum steigert, um so mehr wird sich das Bedürfniss fühlbar machen, die Atlanten, welche die Länder der alten Welt in weiterem oder beschränkterem Umfange gleichmässig umfassen, durch solche Karten zu ergänzen, in denen die wichtigsten Schauplätze alter Geschichte genauer, sorgfältiger und vollständiger zur Anschauung gebracht werden, damit auch die Freunde des Alterthums, welchen die ausführlicheren Reisewerke nicht zur Hand sind, in Stand gesetzt werden, sich auf dem klassischen Boden einzubür·· gern und allen Untersuchungen, die denselben betreffen, theilnehmend zu folgen. Wo aber kann dies Bedürfniss lebhafter empfunden werden als auf dem Boden von Athen, dessen wissenschaftliche Durchforschung eine Hauptaufgabe der Alter-thumskunde ist, dessen grossartige Denkmäler jeden Künstler und Kunstfreund reizen, sich mit den Alterthümern in ihrem örtlichen Zusammenhange bekannt zu machen! Wie schwer es aber ist, auch ein so begränztes Terrain wie das Stadt-gebiet von Athen in genügender Weise darzustellen, und wie gross gerade hier die Schwierigkeiten sind, wo sich auf engem Raume die beachtenswerthen Punkte so dicht zusammendrängen und die wichtigsten Theile so arg verschüttet sind, das bedarf für den Kenner keines Nachweises. Es ist eine Aufgabe, welcher nur all-mählich genügt werden kann. Ein Versuch dazu, ein Anfang, der darauf berechnet ist, Nachfolge hervorzurufen, ist das vorliegende Kartenheft. Das Material dazu ist im Frühjahr 1862 gesammelt worden, als Professor Karl Bötticher und ich auf Veranstaltung der Königl. Preussischen Regierung nach Athen gingen. Durch die entgegenkommende Güte Seiner Excellenz des Generals von Moltke gelang es mir, für die Revision der attischen Karten in der Person des damaligen Majors, jetzigen Obersten von Strantz vom Grossen Generalstabe die erwünschteste Unterstützung zu gewinnen. Ausserdem betheiligten sich die Herren Geh. Ober-baurath Strack und Professor Vischer aus Basel, die jüngeren Architekten, welche Professor Bötticher begleiteten, Herr Tuckermann u. A., der Direktor der Sternwarte in Athen, Professor Julius Schmidt, und Professor Köppen aus Kopenhagen an unseren topographischen Untersuchungen. Durch die Munificenz Ihrer Majestäten des Königs und der Königin wurde es möglich, an wichtigen Punkten Ausgrabungen zu veranstalten, welche nicht erfolglos geblieben sind, und nachdem die mannigfaltigen Entdeckungen und Untersuchungen, welche während jener Frühlingsmonate in Athen gemacht wurden, nach und nach zur öffentlichen Kenntniss gebracht worden sind und den Studien der attischen Alterthümer viel-seitig neue Anregung gegeben haben, erscheinen hier die auf attische Ortskunde bezüglichen Arbeiten. Zeit und Mittel waren zu beschränkt, um die gesteckten Ziele vollständig erreichen zu können; aber auch so können wir hoffen, dass das Gegebene als ein Fortschritt in der würdigen und zuverlässigen Darstellung des

Einsenkung dachte sich der Philosoph in der phantastischen Herstellung seines Ur-Athen ausgefüllt, indem er sich von einer Spitze zur anderen eine verbindende Hochfläche dachte. Da nun die Alten mit ihren Bergnamen in der Regel nicht ganze Höhenzüge, sondern einzelne Gipfelpunkte bezeichneten und die Pnyx ganz bestimmt als ein hoher Hügel bezeichnet wird*), so kann mit hinreichender Sicherheit festgestellt werden, dass der Name dem Philopapposgipfel zukommt.

Das ganze Stadtgebiet, wie es die Terrainkarte darstellt, ist ein ungemein zerrissenes; daher die Vorstellungen von gewaltsamen Umgestaltungen durch Erdbeben und Wasserfluthen. Die Felsränder, welche namentlich gegen Norden, an der Wetterseite, von aller Erde entblösst und mit Grotten unterhöhlt sind, zeigten die Spuren von einer Macht des Wassers, von der man sich bei dem späteren Zustande der Landschaft kaum eine Vorstellung machen konnte. Man glaubte auch mancherlei andere Kennzeichen von einer allmählichen Veränderung des landschaftlichen Charakters aufweisen zu können; man zeigte Ueberreste des alten Baumwuchses und Nymphenheiligthümer an versiegten Quellen als Beweise, wie viel grossartiger vor Zeiten die Vegetation des Landes, wie viel reicher seine natürliche Bewässerung gewesen sei. Uebrigens mögen die Unterhöhlungen der Felsberge Athens wahrscheinlicher dem Meerwasser zuzuschreiben sein, aus welchem das Ilissosgebirge einst wie eine kleine Inselgruppe hervorragte**).

Das ganze Stadtgebiet, wie es in historischer Zeit beschaffen war, bestand, wie das des alten Rom, aus trockenen Felshöhen und feuchten Niederungen; die Höhen boten den Platz für Altäre und Tempel, Häuser, Vorrathsräume, Cisternen, Gräber und Befestigungen, die Thäler waren die natürlichen Sammelörter und Verbindungswege. Solcher Niederungen finden wir zwei sehr bestimmt getrennte. Erstens die südliche, zwischen den beiden Höhengruppen liegende, welche sich allmählich zum Ilissos erweitert und senkt. Hier war das Quartier Limnai und trotz der starken Aufschüttung des Bodens findet man als Anzeichen des ursprünglichen Sumpfbodens noch Schilf in den Gärten zwischen dem Militärhospital und dem Olympieion***). Die andere Niederung ist die breite Einsattelung in der geraden Linie zwischen Akropolis und Lykabettos. Westlich von dieser Linie senken sich die Wurzeln des Lykabettos nach dem Oelwalde zu und bilden eine allmähliche Absenkung nach der offenen Niederung. Oestlich fallen die Wurzeln des Lykabettos kürzer zu der engen Schlucht des Ilissos ab, deren Ränder hier die natürlichen Vorstädte von Athen bilden, eben so wie auf der entgegengesetzten Seite das Kephisosthal.

Charakteristisch ist für das ganze Terrain die ausserordentliche Mannigfaltigkeit auf engem Raume, der Gegensatz von Land- und Seeseite, von Steinboden

---

*) Πνύξ (ursprünglich Bergname; siehe Att. Stud. I, 5) πάγος ὑψηλός, λόφος, Schol. Aesch. c. Tim. pag. 24 Dd.

**) Platon vergleicht den von Humus entblössten Felsboden mit dem abgemagerten Leibe eines von langer Krankheit abgezehrten Menschen: Kritias 111, B, und führt die ἐπὶ ταῖς πηγαῖς ταῖς πρότερον οὔσαις ἱερὰ λελειμμένα, 111, C als Beweise für seine Ansicht an. Ueber grosse Baumstämme, welche sich kürzlich, als Baumaterial verwendet, im Peiraieus gefunden haben, vergl. den Brief von Albert Dumont, Ac. des Inscr. Aug. 1867, Revue Arch. 1867, pag. 227.

***) Philol. 24, 459.

und Gartenland, die Abwechselung schroffer Felskanten und milder Senkungen, trockner und feuchter Lagen, weiter Flächen und enger Schluchten, die anregende Fülle mannigfaltiger Aus- und Ansichten, welche fast bei jedem Schritte wechseln. Dabei ist das Ganze übersichtlich und behaglich. Höhen und Tiefen sind einander nahe und leicht zugänglich. Es finden sich keine so schroffen Contraste wie etwa in Korinth und Messene, aber die Formen sind kräftiger und charaktervoller als in Sparta und Theben.

Besonders wichtig ist der Gegensatz zwischen der Ilissoslandschaft und der des Kephisos, deren eine die natürliche und nothwendige Ergänzung der anderen ist. Am Ilissos fand man die wohlgeeigneten Plätze zu städtischer Zusammensiedelung, einen zur Bewohnung gesunden, aber kahlen und wasserarmen Boden, wo nur einzelne schmale Streifen zu einer reicheren Vegetation sich eigneten, am Kephisos dagegen eine breite Niederung mit tiefem Humus und feuchter Atmosphäre, von einem Bache bewässert, dessen Quellen, vom Regen unabhängig, das ganze Jahr in die Ebene hinabströmen. Sie ist so tief gelegen, dass der Wasservorrath durch Kanäle und Schleusen leicht nach beiden Seiten hin vertheilt werden konnte. Hier war also die eigentliche Grundlage eines städtischen Wohlstandes, und die Gründer der ersten Niederlassung auf den Ilissoshöhen hatten zugleich die Ausbeutung des Kephisosthals für Baum- und Gartenzucht im Auge. Auch in der Beziehung ergänzten sich die beiden Seiten des Landes, dass auf dem städtischen Boden das trefflichste Baumaterial zu finden war, so wie guter Thon, während die felsigen Theile der Niederung Kupferadern enthielten, von deren früher Ausnutzung eine Gruppe alter Gaunamen zeugt *).

Das sind die eigenthümlichen und günstigen Bedingungen für städtischen Anbau auf dem Boden von Athen. Versuchen wir nun in kurzen Andeutungen nachzuweisen, wie auf demselben eine Stadt entstanden ist.

Ueberall, wo sich auf griechischem Boden eine reichere Geschichte entfaltet hat, unterscheiden wir doppelte Keime der Entwickelung, binnenländische und littorale. Die autochthonischen Zustände sind ihrer Natur nach immer am dunkelsten; nur das Fremde, Auswärtige lässt sich nachweisen, so auch in Attika, obwohl gerade hier die Spuren des Fremdländischen am meisten verwischt sind.

Das Meer von Salamis, von dessen Betrachtung wir ausgingen, war der natürliche Ausgangspunkt fremdländischer Einflüsse. Es war das herkömmliche Verfahren der Phönizier, sich vor den Landschaften, welche sie in den Kreis ihres Handels- und Industriegebiets hereinziehen wollten, auf Küsteninseln niederzulassen. Da nun im saronischen Golfe wie auf dem Isthmus ihre Spuren wohlbezeugt sind, so werden wir auch auf Salamis eine Niederlassung derselben anzunehmen haben. Der Inselname selbst ist hier wie in Cypern ein Beweis dafür. Salama bezeichnet Frieden und Friedensort und die Bedeutung des Namens tritt in dem kyprischen Culte des salaminischen Zeus, des Baal-Salam, noch deutlicher hervor, denn sein Dienst war bestimmt, die umwohnenden Stämme zu friedlichem Verkehre zu vereinigen **).

----

*) Aithalidai, Eupyridai, Hephaistiadai (neuerer Name Chalkomatadea). Vgl. χαλκόπους ὁδός Soph. Oed. Col. 58, 1591.
**) Movers, Colon. 239. Der wilde Inselkönig Kychreus, des Poseidon Sohn, ist ein Vertreter der Barbaren auf Salamis.

Zu diesem Zwecke gründeten sie auch am schmalsten Theile des Meersundes der Insel gegenüber auf dem Boden von Attika ein Heiligthum des Herakles, des Stadtgottes von Tyros.

Den Phöniziern folgten andere Seefahrerstämme, welche sich an der megarisch-attischen Küste festsetzten, und diese Stationen sind theils in den Ortsnamen, wie Troia beim Herakleion und den minyschen Namen Eleusis, Peiraieus, Phaleros*), theils in den Sagen von den Karern, Lelegern, Kretern, Tyrrhenern, Minyern, theils in den Culten des Herakles, der Aphrodite, des Poseidon, der karischen Demeter, der vielgestaltigen Artemis, so wie auch in dem Culte poseidonischer Heroen, wie Skiros, mannigfach bezeugt. Ja nirgends kann man deutlicher nachweisen, wie sich diese späteren Ansiedelungen an die phönikischen angeschlossen haben. Denn das an der salaminischen Fähre gelegene Herakleion wurde der heilige Mittelpunkt einer Gruppe von vier Gauen, in welchen wir die Anfänge einer höheren Culturentwickelung erkennen können. Zu ihnen gehörte Troia, dann das benachbarte Thymoitadai, die älteste Schiffsstation der Athener**), wahrscheinlich die Bucht von Kerasini (siehe die Uebersichtskarte von Athen und den Häfen), endlich die beiden späteren Hafenplätze Peiraieus und Phaleros. Man sieht also, wie die ganze seemännische Bildung von der Ecke des salaminischen Meeres ausgegangen ist. Hier haben die ausländischen Ansiedler, welche sie begründet haben, zuerst festen Fuss gefasst und sich politisch wie religiös organisirt. Von hier haben sie sich an der Küste nach beiden Seiten ausgebreitet und die Heiligthümer des Poseidon in Eleusis, der Aphrodite in Kolias, der Artemis in Munychia gestiftet. Die munychische Höhe, welche die ganze Halbinsel des Peiraieus beherrscht, ist offenbar einer der wichtigsten Plätze unter diesen Küstenniederlassungen gewesen. Hier hat sich am deutlichsten die Sage von dem Könige eines Seefahrerstammes erhalten, welcher auf der Höhe den Dienst der munychischen Göttin gestiftet haben soll. Auf dieser Höhe hat sich auch ein merkwürdiges Denkmal erhalten, welches ich ohne Bedenken der ältesten Ansiedelung zuschreiben zu dürfen glaube. Es ist ein Felsgang, welcher hart unter dem Gipfel auf der Aigina zugekehrten Seite durch ein 8 Fuss hohes und 6 Fuss breites Felsthor in den Schooss des Berges hinabführt. Mehrere hundert Fuss weit lassen sich die Stufen dieses Ganges verfolgen; es ist ohne Zweifel eines der Werke, wie sie in den Zeiten allgemeiner Seefehde auf den Burgen angelegt wurden, um den Belagerten einen heimlichen Ausgang zu gewähren***).

Von der Küste sind dann die Ansiedler in das Binnenland vorgedrungen und haben auch zur Stadt Athen den Grund gelegt.

Die städtische Ansiedelung hat in Athen so wenig wie in Rom auf der Burg begonnen. Ein festes Centrum wurde erst gesucht, nachdem sich verschiedene

*) Dieselben Namen in dem minyschen Thera: Böckh, Theräische Inschriften, S. 80.
**) Plut. Thes. 18. Vergl. Leake Demen von Attika 1840, S. 26.
***) Ueber diesen Treppenbau siehe meine Abhandlung de portubus Athen. pag. 14. 23. Arch. Zeitg. 1862, S. 327*. Es war ein altes κϱησφύγετον, eine der κϱυπταί (ὁδοί), wie sie Josephos de bell. Jud. 5, 7 erwähnt. Vergl. Göttling, Arch. Zeitg. 1845, S. 23.

einzelne Ansiedelungen in derselben Gegend zusammengefunden hatten. Eine der ältesten unter ihnen war Melite, eine Niederlassung, welche wahrscheinlich von denselben Seefahrern ausgegangen ist, die von Salamis aus das attische Festland zuerst betreten haben.

Melite steht in unverkennbarem Zusammenhange mit Salamis. Die aus Salamis und Aigina eingewanderten Familien wohnen in Melite. Die Ortsheroine dieses Namens ist ursprünglich eine Seenymphe und durch alte Sagen mit den auf jenen Inseln einheimischen Aeakiden verbunden. Sie war aber auch die Geliebte des Herakles und in Melite zeigte man das angesehenste Heiligthum, welches Herakles in Athen hatte. Hierher war also derselbe Gott, dessen Cultus wir am Sunde von Salamis angesiedelt fanden, zuerst eingeführt; hier wie dort hat er dazu gedient, die benachbarten Gaue mit einander zu verbinden, und dieser Herakles wurde bei den Athenern trotz seiner hohen Ehren alle Zeit hindurch als ein Fremdling angesehen, zum deutlichen Anzeichen, dass die Träger dieses Gottesdienstes nach einer bestimmten Erinnerung von auswärts gekommen waren und einem fremden Volke angehörten. Wenn nun endlich auch der Name Melite zu den attischen Gaunamen gehört, welche nicht der örtlichen Beschaffenheit ihre Entstehung verdanken, wenn es ein Name ist, welcher sich auch auswärts findet und, wie der Name Salamis, gerade in solchen Plätzen, die nachweislich phönikische Colonien waren: so wird die Annahme wohl berechtigt sein, dass wir im attischen Melite eine Niederlassung derselben Fremdlinge zu erkennen haben, welche Salamis colonisirt, das gegenüberliegende Herakleion gegründet und von dort ihre Gottesdienste und Handelsstationen landeinwärts vorgeschoben haben, indem wir voraussetzen, dass hier wie überall andere, den Hellenen verwandte Insel- und Küstenstämme den Phöniziern sich anschlossen und von ihnen zur Bevölkerung ihrer neu angelegten Stationen benutzt wurden*).

Bei diesen Beziehungen zwischen Melite und der Ufergegend werden wir einen solchen Platz der Ansiedelung voraussetzen müssen, wo die vom salaminischen Meere kommenden Zuwanderer den ersten passenden Wohnort fanden, und diese Voraussetzung lässt sich durch topographische Beweise sehr sicherer Art erhärten.

In Melite war ein Artemisheiligthum; demselben benachbart der Leichenanger und die Scharfrichterei, ein an der Gränze der späteren Stadt gelegener felsiger Platz mit unwegsamen Felsklüften, unfern des Wegs, auf dem man vom Peiraieus ausserhalb der nördlichen Mauer heraufging. Diese Lage ist zwiefach bezeugt. Das Lokal kann also nur am Abhange des Sternwartenhügels gesucht werden, wo sich gerade ausserhalb der Stadtmauer eine tiefe Schlucht mit senkrechten Felswänden findet, welche deshalb ohne Bedenken als Barathron bezeichnet werden konnte. Darnach ist der Sternwartenhügel, den man nach einer auf Nymphendienst bezüglichen Inschrift, welche sich unterhalb der Sternwarte auf einer senkrechten Felswand findet, den Nymphenhügel zu nennen pflegte, ein Theil von Melite, welches

---

*) Melite und die Aeakiden: Jahn, Arch. Aufs. S. 188. M. und Herakles: Schol. Arist. Ran. 501. Herakles als Fremdling von den Mysterien zurückgewiesen: Bötticher, Philol. Suppl. III, 409. Melite phönikischer Coloniename in Malta (Movers Col. 347), Illyrien, Samothrake. Vergl. Pape-Benseler u. d. N.

einmal ein besonderes und eines der angesehensten Quartiere auf dem Stadtboden von Athen gebildet hat *).

Andere Quartiere, welche als besondere Niederlassungen bestanden haben, ehe es eine Stadt Athen gab, waren Koile, Kollytos, Diomeia. Koile war Melite benachbart und lag, wie sein Name andeutet, wahrscheinlich in einer der hohlen Senkungen des Felsbodens, welche sich nach dem Ilissos hinunterziehen. Auf der anderen Seite gränzte an Melite der Bezirk Kollytos (oder Kolyttos), der wieder mit Diomeia zusammenstiess, einem Quartiere, von dem wir wissen, dass es sich am Lykabettos hinaufzog. Kollytos lag im Mittelpunkte der späteren Stadt. Beide nehmen also zusammen die Ebene nördlich von der Akropolis ein, mit Einschluss des nordöstlich zum Lykabettos ansteigenden Terrains. Wieder ein anderer Gau erstreckte sich von Melite nach Norden und Nordosten in die durch gute Thonerde ausgezeichnete Niederung. Deshalb war hier seit ältesten Zeiten der Bezirk der Töpfer, und darum trug die ganze Bevölkerung den Namen der Kerameis und der Gau selbst den des Kerameikos.

Endlich waren auch die Ilissosufer in ältesten Zeiten bewohnt. Hier hat sich die Natur mit der Zeit sehr verändert. In Folge der zunehmenden Vertrocknung des Landes erscheint der Ilissos jetzt nur wie ein Abzugsgraben für die Regenfluthen, welche das Bett noch zu Zeiten unwegsam machen; früher aber sammelten sich hier reichlichere Wasseradern von beiden Seiten und gaben der ganzen Flussgegend eine ungleich höhere Bedeutung.

Sie wird durch das Stadium auf eine leicht kenntliche Weise in eine obere und untere Hälfte getheilt. Oberhalb desselben kommen vom Hymettos zwei parallele, jetzt trockne Schluchten herunter, deren eine die des Eridanos ist. Vom Fusse des Lykabettos fliesst noch jetzt Wasser zu, namentlich von der Höhe, auf welcher das Kloster Asomaton liegt. Die Grotten am Flussrande zeugen von der früher ungleich grösseren Wasserfülle. Bei dem Stadium treten bedeutendere Anhöhen des Hymettos vor, welche den Ilissos einengen: auf der oberen Seite des Stadiums der Hügel des H. Petros, auf der unteren der ansehnlichste Gipfel dieser Gegend, in dem wir den alten Ardettos erkennen können; die Höhe wurde auch mit dem das ganze Quartier bezeichnenden Namen Agra genannt und mit ältestem Cultusnamen Helikon **). Am Fusse dieser Höhe erweitert sich das Flussbett. Der Ilissos theilt sich in zwei Arme, welche eine niedrige Insel einfassen. Wo sie sich wieder vereinigen, zeigt sich, südlich unter dem Olympieion, ein senkrechter Felsabsturz mit zwei Grotten, welche einst weiter überhingen. Hier sammelt sich, unter dem Felsen durchsickernd, gutes Trinkwasser, welches jetzt einen kleinen Teich bildet und als Waschplatz benutzt wird. Dies ist die Quelle Kallirrhoë.

Im Ilissosthale finden wir keine auf Salamis und die dort angesessenen Phönizier hinweisenden Beziehungen, aber wohl Spuren anderweitiger Zuwanderungen, welche nach der nahegelegenen Bucht von Phaleron, nach der Ostküste (Brauron und Sunion) und namentlich nach der Bucht von Marathon hinweisen, denn von

---

*) Oppidum Melite bei Plin. Den genaueren Nachweis über M. siehe Att. Stud. I, S. 7 ff. Uebereinstimmend Bursian, Geogr. v. Gr. I, S. 274, und Wachsmuth. Die Einwendungen Böttichers, Phil. Suppl. III, S. 405, haben mich nicht überzeugen können.

**) Kleidemos Fr. I. in Fr. Hist. Gr. I, p. 359. Wachsmuth, Rh. Mus. 23, 175.

allen diesen Küstenpunkten sind überseeische Einflüsse nach Athen vorgedrungen. Die am Ilissos angesiedelten Dienste der Musen, des helikonischen Poseidon, der Aphrodite Urania, der Demeter und des Apollon zeugen von auswärtigen Niederlassungen. Hier finden wir aber keine solche Spuren des Fremdartigen, wie in dem melitischen Heraklesdienst; hier sind verwandtere Stämme nach und nach zugezogen, und je friedlicher die Vereinigung erfolgte, um so schwieriger ist es, das Einheimische von dem Ausländischen zu unterscheiden und die Wege so wie die verschiedenen Epochen dieser Colonisation am Ilissos zu bestimmen *).

So lagen theils um Melite herum, theils am Ilissos Ansiedelungen verschiedener Herkunft in loser Gruppe neben einander. Aus dem Nebeneinander entwickelte sich eine Gemeinsamkeit und die Verbindungen gingen hier wie überall von der Religion aus. Mancherlei Gottesdienste bestanden in den verschiedenen Gauen, aber die für Vereinigung der Ortschaften wirksamen waren die von den Ansiedlern auf Melite ausgehenden. Hier muss zuerst eine durch Intelligenz und Macht überlegene Ansiedelung bestanden haben, und darum war es der dortige Herakles, welcher vorwiegenden Einfluss gewann, wie die Ortssagen beweisen. Der Schutzgott der Meliteer wird als Gast in Kollytos aufgenommen; Diomos, der Heros des Nachbargaues, ist ein Liebling des Herakles und gründet dessen Heiligthum in Kynosarges. So zieht sich eine Reihe von Herakleen vom Nymphenhügel bis zum Lykabettos hinauf und derselbe Gottesdienst des tyrischen Stadtgottes, welcher an der Meerenge von Salamis der Mittelpunkt eines Gauverbandes ist, bewährt seine einigende Kraft auch auf dem Boden von Athen.

Noch bedeutender* war der Zeusdienst. Denn die Phönizier, welche den Baal als höchsten Himmelsgott verehrten, fanden für diesen Cultus bei den fremden Nationen am leichtesten eine Anknüpfung an verwandte Religionsvorstellungen. Darum finden wir Diomos, den Heraklesdiener, auch als Diener des Zeus und Ordner seines Opferdienstes, Zeus selbst als Bundesgott (Epikoinios) an den Plätzen tyrischer Colonisation **).

Die Cultusörter, welche für die Verschmelzung der Gaue von besonderer Wichtigkeit waren, werden wir dort zu suchen haben, wo sich zuerst eine dichtere Bewohnung zusammenfand. Dies war südwestlich und südlich von der Burg, eine Thatsache, welche sich durch alte Ueberlieferung, durch Ueberreste des Alterthums so wie durch allgemeine Terrainverhältnisse erweisen lässt.

Das einzige ausdrückliche Zeugniss über die geschichtliche Entwickelung der Stadt, das wir aus dem Alterthume haben, ist das des Thukydides (2, 15), nach welchem die Akropolis und die südlich von derselben gelegene Gegend den Kern der ältesten Stadt gebildet hat, und mit diesem Ausspruche stimmt eine zweite Ueberlieferung, aus der wir entnehmen, dass der älteste Stadtmarkt an der Südseite der Burg gelegen habe ***).

Dazu kommt, dass sich auf den Höhen der Südseite, welche ein natürliches und wohlbegränztes Ganze bilden (das Pnyxgebirge mit seinen Abhängen), aus-

---

*) Auf diese Colonie am Ilissos hat besonders Wachsmuth, Rhein. Mus. 23, 470 f., hingewiesen und sich ein Verdienst dadurch erworben, dass er die Sondergeschichte von Agrai zuerst an das Licht gezogen hat.
**) Movers, Col. 238. Ueber Diomos O. Jahn, Nuove Memorie, pag. 10.
***) Harpokr. πάνδημος. Darüber weiter unten.

gedehnte Spuren einer Ansiedelung finden, welche wir mit gutem Grunde für besonders alt ansehen können. Es sind dicht gedrängte, im Felsen ausgehauene Wohnräume, die zusammenhängendsten und anschaulichsten Ueberreste, welche überhaupt von Athen vorhanden sind, in Worten unmöglich zu beschreiben, auch bildlich sehr schwer darzustellen und bis jetzt auch noch lange nicht vollständig vermessen. Indessen ist es gerade bei der gegenwärtigen Publikation die Absicht gewesen, von diesen denkwürdigen Gründungen eine annähernde Anschauung zu geben, so weit die Mittel reichen, und es findet sich daher auf dem Plane der Stadt so wie auf Bl. 4 eine Uebersicht des Terrains, ausserdem aber noch ein einzelner Felsrücken, welcher von dem Nymphenhügel gegen Osten vorspringt und die Kapelle der h. Marina trägt, nach genauerer Ausmessung verzeichnet (Bl. 7). Wenn man sich beim Anblick dieser Blätter vergegenwärtigt, dass jeder der zahllosen Striche eine sauber geglättete Felswand, jedes Viereck eine auf das Sorgfältigste geebnete Felsfläche ist, so kann man sich von dem Menschenwerke, das hier vorliegt, eine Vorstellung machen.

Es sind rechtwinklicht begränzte Bodenflächen von geringer Ausdehnung; im Rücken derselben steht das Felsgestein senkrecht an, während sie rechts und links durch dünne Felswände, die man im Gesteine stehen liess, von einander getrennt sind. Hie und da ist an den Wänden noch der Stuck erhalten. Thüren, welche durch Querwände aus einem der engen Räume in den anderen führten, habe ich nirgends gefunden. Es hat gewiss Wohnungen gegeben, welche aus e i n e m im Felsen ausgetieften viereckigen Raume bestanden. Bei anderen sieht man deutlich, dass verschiedene Räume eine zusammenhängende Gruppe mit gemeinsamem Eingange bildeten. Da aber von den alten Häusern nichts erhalten ist, als was im Felsen ausgehauen war, so sind die baulichen Vorkehrungen, welche an der offenen Seite der Felskammern angebracht waren, um dieselben nach vorne abzuschliessen und zugleich mit den öffentlichen Wegen in Verbindung zu setzen, spurlos verschwunden, und es lässt sich nicht nachweisen, wie man mit Bruchsteinen, Lehmplinthen und Holz den Bau vervollständigte. Man erkennt aber doch an den Eingangsseiten die Ebnung des Bodens, zuweilen auch Felsstufen, welche zum Eingange hinanführten. Da die neue Stadt ihr Baumaterial seit Jahrzehnten aus der alten gewinnt, so sind durch Sprengung schon viele Felsgründungen vollständig zerstört worden. Dennoch wird es auch jetzt noch nicht schwer werden, auf dem Rücken des Pnyxgebirges mit Einschluss des Areopags 800 bis 900 Wohnplätze zusammenzuzählen. Man sieht also, dass man wohl von einer „Felsenstadt" sprechen kann, wie ich in unserem Atlas gethan habe. Es ist aber ein unverkennbarer Unterschied in den Gründungen. Es giebt solche Felsbearbeitungen, in denen durchaus keine Ordnung wahrzunehmen ist, die planlos neben einander liegen, wie z. B. auf dem Areopag. Dagegen finden wir besonders auf den westlichen Abhängen des Philopappos und seines Ausläufers, so wie auf den gegenüberliegenden Abhängen, welche zusammen eine vom H. Demetrios südwestlich sich herabziehende Thalmulde bilden, eine regelmässigere Anordnung der Wohnräume, welche gerade Strassenlinien bilden. Hier finden wir Terrassen über einander, Vorplätze vor den Wohnräumen, Treppen, welche von einer Terrasse zur anderen führen, Kanäle, die das Regenwasser in die Schlucht hinabführen, unterirdische Höhlungen, welche entweder als Cisternen oder Fruchtbehälter und Keller dienten. Um die obere Mündung pflegt eine Fläche im Felsen ausgetieft zu sein, welche zum Auflegen von Decksteinen diente. Ausser den unmittelbar zu den Lebensbedürfnissen gehörigen Anlagen finden sich aber Altarplätze und Gräber. Die letzteren sind rechtwinklicht im Felsen ausgehauene Vertiefungen, hie und da in Gruppen neben einander, ohne bestimmte Orientirung, nach Maassgabe des Felsbodens neben den Häusern angebracht und zu denselben gehörend. Zur Veranschaulichung dieser Anlagen dienen Nr. 3 und 4 unter den „Felsmonumenten von Athen" Bl. 5. Das Zusammenliegen von Gräbern und Wohnungen scheint mir für die Bestimmung der Altersperiode von besonderer Wichtigkeit zu sein. Denn die Aussonderung der Grabräume aus der bewohnten Stadt war eine polizeiliche Ordnung, welche sehr früh, ohne Zweifel vor Solon, in Athen Geltung hatte *).

Es finden sich endlich auch solche Felsbearbeitungen, welche offenbar nicht zu rein privaten Zwecken dienten. Dahin gehören die Terrassen mit Altären, die als viereckige Steinwürfel aus der Rückwand des Felsens ausgehauen sind, andere grössere Terrassen, im Rücken und an den Seiten durch Felswände begränzt, die nur zu Versammlungen gedient haben können **), und die Verkehrseinrichtungen. Denn ausser den schmalen Perrons, die sich an den Wohnplätzen entlang ziehen, und den vielen Steintreppen sind auch eigentliche Strassenanlagen nachzuweisen. Am deutlichsten in der Schlucht, welche sich vom H. Demetrios nach dem Ilissos hinabzieht. Diese Strasse ist gerade auf den Eingang der Burg orientirt und war einst die Hauptader des Verkehrs in dieser Gegend. Man sieht noch deutlich in der Mitte der Schlucht die tiefen Radgleise; zwischen ihnen ist der Boden gerillt für die Füsse der Zugthiere; an den Seiten laufen sauber eingeschnittene Kanäle hin, um das von beiden Abhängen zusammenlaufende Regenwasser nach dem Ilissosbette abzuführen.

Diese Felsanlagen sind offenbar nicht das Resultat einer flüchtigen Ansiedelung, die sich etwa in Kriegszeiten hier gesammelt hat; denn sie erforderten viel Arbeit und lange ausdauernde Anstrengung; sie sind nach und nach entstanden, aber sie tragen doch im Grossen und Ganzen einen gleichen Charakter und gehören einer Zeit an. Dass diese Zeit aber als eine sehr frühe anzusehen ist, erhellt aus den schon angeführten Kennzeichen. Der Maassstab der Wohnungen lässt auf sehr einfache Lebens- und Verkehrsverhältnisse schliessen, und endlich sind auch, abgesehen von dem Zeugnisse des Thukydides, Gründe genug vorhanden, um es wahrscheinlich zu finden, dass dies südliche Felsgebiet, welches in der blühenden Zeit Athens (wie auch jetzt wieder) der belebten Stadt vollständig abgewendet lag, in der That der älteste städtisch bewohnte Bezirk gewesen ist.

Dies Gebiet ist das der See zugewandte, also bei den von der Küste ausgehenden Zuwanderungen und Ansiedelungen der nächst gelegene Schauplatz für städtischen Anbau. Es ist ein sicherer und gesunder Wohnplatz; denn er ist trocken, gegen die lästigen Nordwinde geschützt und den Südwinden offen, welche, von der See kommend, im Sommer Kühlung und im Winter behagliche Wärme

---

*) Vergl. Bötticher, Heiliges und Profanes, S. 24.
**) Att. Studien I, 20.

bringen. Jeder, welcher aus der jetzigen Stadt auf diese Höhen kommt, empfindet sofort den wohlthätigen Unterschied des Klimas, die frischere Luft und den Hauch der See; dazu kommt der erfreuende Blick auf das Meer mit seinen Inseln und Gegengestaden. Ferner hatte man hier den Vortheil, beim Bauen der Wohnungen zugleich das Baumaterial zu gewinnen; man hatte nicht die Schwierigkeiten, wie sie eine wildere Berggegend darbieten würde, und konnte Häuser und Strassen anlegen, ohne fruchttragendes Land dem Anbau zu entziehen. Endlich erstreckten sich unmittelbar unter den Felshöhen breite Niederungen und boten bequeme Gelegenheit zum Verkehre mit den anderen Gauen, einerseits gegen Norden nach dem Kerameikos, andererseits gegen Osten, wo das tiefe Thal, das den natürlichen Weg zu der Trinkquelle im Ilissos bildete, zugleich für grössere Vereinigungen des Volks und bürgerlichen Verkehr den geeignetsten Platz darbot.

Suchen wir nun nach denjenigen Heiligthümern, welche, wie wir oben sahen, die Bedeutung hatten, dass sie die älteren und jüngeren Landesbewohner zu einem gemeinsamen Verbande einigten, so finden wir am Rande der zuletzt betrachteten Wohnplätze zwei wohlbezeugte Stätten eines alten Zeuscultus, die eine in der Mitte der vom Philopappos zum Sternwartenhügel hinziehenden Höhen, auf einer der südwestlichen Spitze des Areopags gegenüberliegenden Terrasse, die andere auf der Hochfläche oberhalb des Ilissos. Die letztere (das Olympieion) ist im Laufe der Zeiten vielfach überbaut und umgestaltet, aber durch örtliche Tradition als eines der ältesten Heiligthümer des Zeus erwiesen; die erstere dagegen hat sich in alterthümlicher Einfachheit erhalten, ist aber von den alten Schriftstellern nirgends erwähnt. Ihrer Lage und dem baulichen Charakter nach scheint sie, wenigstens in ihren älteren Bestandtheilen, durchaus der beschriebenen Felsenstadt anzugehören, und da das Einzige, was wir mit Sicherheit von diesem Platze wissen, darin besteht, dass der Stufenaltar, welcher aus dem Felsgesteine der Rückwand vorspringt, dem „Höchsten Zeus" gewidmet war, so dürfen wir hier mit gutem Grunde ein Heiligthum voraussetzen, dessen Gottesdienst zu einer Zeit, da die Burghöhe noch nicht das Centrum des gottesdienstlichen und politischen Lebens geworden war, die Bewohner der Felsenstadt mit denen der Ebene vereinigte.

Da die Alterthumsforscher, welche in Athen vor Allem nach dem Versammlungsorte der Bürgerschaft suchten, hier eine Terrasse fanden, welche zu Versammlungen gedient zu haben schien, so ist für dieselbe seit Begründung der attischen Topographie der Name „Pnyx" üblich und der Felsaltar als Rednerbühne bezeichnet worden. Nun ist freilich der Zweck so wie die Entstehungszeit der ganzen Terrassenanlage noch keineswegs vollständig aufgeklärt; indessen ist doch durch die neueren Untersuchungen nach dem Urtheile der meisten Sachkenner hinlänglich erwiesen, dass die Hypothese vom Volksversammlungsraume und Rednerplatze unstatthaft sei *).

---

*) Ueber die ganze Streitfrage wegen der Pnyx verweise ich auf meine Att. Studien I, 23 — 46 und füge hier nur bei, was zur Erläuterung des beifolgenden Blattes nöthig ist, das ich der Güte des Herrn Tuckermann verdanke. Es enthält erstlich eine Terrainkarte der Altarterrasse. Auf derselben ist a) der Felsaltar. Die Ansicht desselben siehe im Atlas, Blatt 5, Nr. 2. Auf der untersten Stufe sind Bettungen für Inschriftsteine. Auch die Felsstufen rechts und links vom Altare dienten zu Aufstellungen von Inschriften und Weihgeschenken. b und bb: senkrecht gearbeitete Felswände (bei bb Nischen für Weihgeschenke an Zeus Hypsistos, laut dort gefundener Inschriften). c: Rest einer polygonen Mauer

Suchen wir nun mit dem, was sich aus der Betrachtung der Bodenverhältnisse und monumentalen Ueberreste über die muthmasslichen Anfänge der städtischen Ansiedelung ergiebt, die örtlichen Ueberlieferungen in Verbindung zu setzen, in denen sich das Bewusstsein der Athener über ihre Vorzeit ausspricht. Wir finden den geschichtlichen Inhalt derselben am bündigsten bei Herodot (8, 44) ausgesprochen, welcher vier Entwickelungsstufen unterscheidet.

Die erste derselben, die pelasgische Zeit, bezeichnet der Name Kranaos, von dem die Bewohner der Stadt Kranaoi, die Stadt selbst Kranaai heisst. Der Name dieses ersten Vertreters der attischen Gemeinde bedeutet aber nichts Anderes als „steinicht, felsig"; die Kranaer sind also die Bewohner der Felshöhen *) und wir dürfen demnach in jener Felsenstadt, welche sich vom Kamme des Pnyxgebirges nach dem Ilissos abflacht, nach der anderen Seite aber schroff abfällt oder mit einzelnen Felszungen (wie die der H. Marina) in die Niederung vorspringt und ein natürliches, wohl übersichtliches und zusammenhängendes Ganze bildet, dieselbe Niederlassung erkennen, welche die Athener mit dem Namen Kranaai, „Felsathen", bezeichnen wollten.

An die städtische Ansiedelung knüpfen sich die ältesten religiösen Stiftungen. Deukalion kommt zu den Kranaern und gründet nach Ablauf der Fluth dem rettenden Zeus das Heiligthum oberhalb der Kallirrhoë **). Das ist die Legende von dem Dienste des olympischen Zeus. Eben so reicht die bildlose Verehrung des Himmelsgottes, Zeus Hypatos oder Hypsistos, und die Einsetzung des Gemeindeopfers, welches erst in Feldfrüchten, dann in Thieren bestand, in die Urzeit Athens hinein. Die Stieropfer oder Buphonia waren das höchste Fest des ackerbauenden Volks, das erste Gemeindefest der Kranaer, welche am ersten Jahrestage dem Horte der Gemeinde die Opfer darbrachten. Dazu bedurfte es einer grossen Altarterrasse in der Nähe der städtischen Wohnungen, und da sich nun eine solche vorfindet, welche nachweislich dem Zeus Hypsistos geweiht war, eine Terrasse mit einem grossartigen, weit sichtbaren Felsaltare, der von der Höhe nach der Ebene hinausschaut, mit mancherlei Vorkehrungen zur Aufstellung von Inschriften und Weihgeschenken, eine Terrasse, zu welcher Felstreppen und künstlich hergerichtete Wege (i) von allen Seiten hinaufführen: so werden wir wohl berechtigt sein, hier auf der sogenannten Pnyx den Schauplatz des ältesten Gemeindefestes von Athen zu erkennen. Auf einer zu solchem Zwecke gegründeten Terrasse wurden ausser dem Hauptaltare auch andere Altäre errichtet und andere Gottesdienste mit dem des

---

(welcher oberhalb der senkrechten Felswände, im Atlas Bl. 5, Nr. 1, sichtbar ist). d: Polygone Mauer, welche die Terrasse halbkreisförmig gürtet (Bl. 5, Nr. 1). e, ee und eee: Felstreppen. f: Zerstörter Felsaltar auf der oberen Terrasse. g: Horizontal abgeglichene Felsfläche mit Spuren von Gründungen. h: Zerstörte Felswand. i: Prozessionsstrasse, in den Fels geschnitten. k: Felsplateau. l: Abgesonderte Felsflächen (Att. Studien I, 25). m: Tief eingeschnittene Kanäle. n: Felsstufen (wahrscheinlich zu einem Altare gehörig). o: Mauertrümmer. p: Wohnungssepuron, in den Fels gearbeitet. q: Senkrechter Felswürfel. r: Gräber. — Ueber der Terrainkarto I. das Nivellement, auf welchem das ursprüngliche Profil der Terrasse, wie es durch die von mir veranstalteten Grabungen zu Tage getreten ist, und die dabei gefundenen Felsstufen angegeben sind; II. eine Ansicht der unteren Polygonmauer, deutlicher als im Atlas, Bl. 5, Nr. 1.

*) Deshalb wird dem Kranaos die Pedias zur Genossin gegeben; sie bilden zusammen das erste Menschenpaar in Attika. Att. Studien I, 16.

**) Paus. 1, 18. Apoll. III, 14, 5.

Zeus verbunden. Spuren solcher Altäre haben sich vorgefunden. Je mehr sich aber der Dienst ausdehnte und je grösser die Bevölkerung wurde, um so mehr Raum wurde nöthig. Die Terrassen mussten erweitert werden, und das konnte nur nach unten hin geschehen, wo man den Abhang des Hügels künstlich erhöhte. Aus dieser Absicht scheint die Polygonmauer entstanden zu sein, welche den unteren Theil umfasst. Unter der Mauer sieht man noch die Spuren einer Felstreppe (eee), welche ursprünglich zu der Terrasse hinaufführte. ·

Nun tritt eine zweite Epoche ein, eine Epoche, welche nicht ohne Kampf erfolgt sein kann, indem durch das Emporkommen eines kriegerischen Geschlechts der lockere Gauverband zu einer festeren Einheit wird. Die zum Wohnen und bürgerlichen Verkehre wenig geeignete, inselartige und ringsum abschüssige Höhe, welche der alten Felsenstadt im Osten gegenüber liegt, erhält jetzt ihre Bedeutung, indem sie der Sitz einer kleinen Anzahl regierender Familien und eines fürstlichen Hauses wird, welches den erdgebornen Kekrops als seinen Ahnherrn verehrt. Sie wird jetzt das Capitol, das Centrum des religiösen und politischen Lebens, die Stätte des Gemeindeheerdes. Die verschiedenen Ansiedelungen werden dadurch zu einer Polis, der Landesgott zum Staatsgotte oder Polieus. Diese Epoche bezeichnet die Sage mit dem Namen des Kekrops; durch ihn werden aus den Kranaern Kekropiden.

Jetzt tritt der Gegensatz von Herrschaft und Dienstbarkeit, von ritterlichen und arbeitenden Stämmen ein. Frohnende Pelasger ebnen den rauhen Burgfelsen und vervollständigen durch Mauern seine natürliche Festigkeit. Sie arbeiten für die Kekropiden, wie die Kyklopen in Argos für die Perseïden, und helfen den Herrschersitz einrichten, von dem die Macht ausgeht, welche die durch religiöse Gemeinschaft verknüpften Gaue zu einem staatlichen Ganzen zusammenschliesst. Darum beginnt auch die attische Königsreihe mit Kekrops.

Der Staat der Kekropiden ist einer der zwölf Staaten, in welche das attische Land getheilt ist, aber von Anfang an der vornehmste. Dies beruht auf den natürlichen Vorzügen der Kephisosebene, so wie auf der vortrefflichen Lage und Beschaffenheit des Herrensitzes, denn die kekropische Burg war besser als alle übrigen geeignet, im Küsten- und Binnenlande Macht zu gewinnen, von Natur fest, nur von e i n e r Seite zugänglich und endlich mit einer Quelle versehen, welche unmittelbar am westlichen Rande entspringt.

Hieher zogen sich deshalb die bedeutendsten Geschlechter; sie brachten ihre Gottesdienste mit und verlangten deren Anerkennung. In dem Kampfe der Götter spiegelt sich der Kampf ihrer Bekenner, in ihrer Versöhnung die friedliche Vereinigung verschiedener Stämme, auf welcher die steigende Grösse Athens beruht.

Zeus ist der ursprüngliche und einzige Inhaber; die anderen Götter müssen sich erst durch besondere Bethätigung ihrer Macht und Gunst Bürgerrecht erwerben. Zuerst kommt Poseidon, der Gott der am salaminischen Golfe ansässigen Thraker und ihres priesterlichen Fürstengeschlechts, der Eumolpiden. Der Gott der Seevölker konnte ohne Salzfluth nicht verehrt werden; er spaltet den Felsboden der Akropolis und die Salzquelle dringt hervor.

Ihm folgt Athena, die Gottheit höher entwickelter Geschlechter, welche durch Anpflanzung des zahmen Oelbaums dem Lande einen ganz neuen Werth zu geben wissen. Nach einer Zeit gegenseitiger Spannung gewinnt sie die vorwiegende Bedeutung auf der Burg, aber die älteren Culte werden nicht vernichtet. Zeus bleibt in seinen Ehren als oberster Schutzhort der Gemeinde, ja er wird nach der Sage erst durch die Entscheidung, die er bei dem Streite der beiden Gottheiten um die Ehre des Landesschutzes zu Gunsten seiner Tochter gegeben hat, im vollen Maasse Staatsgott oder Polieus; Athena aber wird unter einem Dache und durch ein gleiches Priestergeschlecht mit Poseidon verehrt. Der alte Streit ist gesühnt und „nimmer soll es geschehn", heisst es im Erechtheus des Euripides, „dass anstatt des Oelbaums der Dreizack wieder vom thrakischen Volke bekränzt werde"*). Ein festes religiöses System ist zu Stande gekommen, wodurch der Heraklesdienst, welcher bei den Anfängen der Landescultur so grosse Bedeutung gehabt hatte, zurückgedrängt wird. Drei Hauptgottheiten werden anerkannt. Aber Athena gewinnt den Vorrang; sie tritt neben dem Zeus Hypsistos des Kranaos und Kekrops als die ·eigentliche Stadtgottheit, Athena Polias, ein; ihr Bild wird das Schutzbild, ihr Baum das Wahrzeichen von Stadt und Land, ihr Name der Name der Gemeinde. Die Person des Erechtheus, welche zugleich den älteren Gott Poseidon und den Zögling der Athena bezeichnet, ist der mythische Ausdruck für jene grosse Epoche, in welche der Sieg der Athenareligion fällt. Dadurch erhält die Stadt ihren geschichtlichen Charakter. Als Sitz des Athena- und Erechtheusdienstes kommt sie in den homerischen Gedichten vor, und Herodot bezeichnet es als die dritte Epoche, dass aus den Kranaern und Kekropiden durch Erechtheus Athenäer werden.

Die vierte Epoche endlich wird wiederum durch den Zuzug neuer Einwohner und die Einbürgerung eines neuen Gottes bezeichnet. Der ionische Stamm, welcher sich an dem Meerbusen von Marathon zuerst angesiedelt und organisirt hat, dringt von dort in die anderen Landestheile vor und namentlich an die Ilissosufer, wo er sich mit den älteren Ansiedlern verwandten Stamms vereinigt (S. 12). Ion, der Sohn des Xuthos, d. h. des Apollon, kommt als Heerführer dem Erechtheus gegen die Thraker zu Hülfe. Als Sohn der Kreusa wird er dem Erechthidenstamme angereiht, aber der alte Stamm erlischt; ein neues Fürstenhaus tritt auf; ionische Geschlechter, welche Apollon als Stammvater ehren, bürgern sich neben dem alten Landesadel ein und gründen unterhalb der Burg ihrem Stammgotte heilige Stätten. Widerstrebende Theile der Bevölkerung werden unterworfen oder ausgetrieben; im Ganzen aber werden die Keime der älteren Landescultur auch jetzt nicht erstickt, sondern durch glückliche Verschmelzung nur allseitiger entwickelt, und so erlangt die Stadt, mit einer Fülle neuer Kräfte und Ideen ausgerüstet, jetzt erst ihre volle Bedeutung. Neben Zeus und Athena wird der ionische Apollon die dritte Staatsgottheit. Ionische Rede, ionische Gemeindeordnung, ionische Tracht wird vorherrschend. Die Burg hört auf, der Kern von Athen zu sein. Die Stadt erweitert sich und aus der Landstadt am Ilissos, einer der zwölf Städte Attikas, wird die Hauptstadt der ganzen Landschaft. Den Anfang dieser Epoche bezeichnet Herodot mit den Worten: „Als Ion Kriegsfürst der Athener geworden war, wurden sie von ihm Ionier genannt"; ihren Abschluss macht die Vereinigung von Attika zu einem Staate, welche die Alten an den Namen des Theseus anknüpften.

Die vier Epochen entsprechen in ihren Hauptzügen ohne Zweifel dem Gange

---

*) Vergl. Bötticher, Baumcultus, S. 107.

der vorgeschichtlichen Entwickelung von Athen, und ihre Kenntniss ist nothwendig, um die geschichtlichen Verhältnisse der Stadt und ihrer Denkmäler zu verstehen. Wir betrachten also, nachdem wir die Gaugenossenschaft der Kranaer besprochen haben, die Burgstadt der Kekropiden und Erechthiden.

Die Burghöhe ist der Sitz der Landesheiligthümer, der Herrschermacht und des öffentlichen Lebens. Regierung und Gemeindeleben sind später nach anderen Räumen verlegt, die heiligen Stätten aber unverrückt geblieben, die Altäre des Zeus Hypatos und Polieus, so wie die Mal- und Opferstätten der anderen Burggötter. Dem Zeus war die ganze Burg geweiht. Poseidon hatte seinen abgesonderten Bezirk, wo der Dreizack als heiliges Mal sichtbar war und der Brunnenschacht, in dessen Tiefe man die Meerfluth rauschen zu hören glaubte. Auf diesem Boden wurde ihm ein heiliger Bezirk abgegränzt; hier wurde ihm und dem Erechtheus an einem Altare geopfert. Als Athena, mit ihm ausgesöhnt, neben ihm ihren Platz einnahm, wurde ihre Kapelle dem Erechtheion angebaut, so dass unter einem Dache ein Doppelgemach vereinigt war, das westliche dem Poseidon-Erechtheus, das östliche der Athena Polias heilig. Als Dritte erhielt die Urpriesterin der Göttin neben ihr, als Genossin ihrer Ehren, einen heiligen Bezirk; das Pandroseion; hier stand unter freiem Himmel der Oelbaum, welchen Athena geschaffen hatte, das Unterpfand ihres Segens, während ihr Gnadenbild, ein formloser Pfahl aus Olivenholz, mit Schild, Speer und Helm ausgerüstet, mit langem Gewande drapirt und den Gorgokopf vor der Brust, innerhalb der Cella aufgestellt war, welche sich gegen Osten öffnete.

Dieses dreifache Heiligthum lag ungefähr in der Mitte der Burglänge, hart am nördlichen Felsrande, wo sich die Ruinen des Erechtheions und Poliastempels an alter Stelle erhalten haben. In unteren Gemächern wurde die Erichthoniosschlange gehalten, der unsterbliche Genius von Stadt und Land, welcher allmonatlich gespeist wurde. Auch Kekrops war in diesem heiligen Bezirke bestattet, der auf engem Raume Alles umschloss, was aus der ältesten Vorzeit eine dauernde Heiligkeit behielt, so lange die alten Götter in Ehren blieben.

Gegen Süden und Westen schloss sich an die Tempelbauten ein geweihter Bezirk, dessen neuerdings aufgefundene Begränzung auf dem Plane der Akropolis angegeben ist. Vor der Westseite war das dem Andenken des ersten Burgkönigs geweihte Kekropion und der Bezirk der Pandrosos, in welchem der uralte, „ganz gebückte" Oelbaum stand mit dem Altar des Zeus Herkeios, dem Hausaltare der Kekropiden, an welchem der König als Haupt seines Geschlechts und als Hausvater der ganzen Gemeinde opferte; es war der Heerd und Mittelpunkt des Staats.

Hier war also auch der Sitz des regierenden Königs, des weltlichen und geistlichen Oberhaupts der Gemeinde; hier wohnte er, umgeben von seinem Gefolge, von den Gehülfen der Regierung und den priesterlichen Beamten, denen die Pflege der Gottesdienste oblag. Hier versammelten sich vor den Thoren der Königswohnung die Häupter des Volks, um mit dem Könige zu berathen und seine Bescheide zu empfangen, wie die Troer „vor den Pforten des Priamos"; hier stand in der Nähe des Staatsheerdes das älteste Amthaus der Gemeinde, das Prytaneion, welches ein der Athena Polias geweihter Raum war*); hier war die Richtstätte,

---

*) Attische Studien II, 55.

) z. B. der Sage nach über den ersten Stiertödter Gericht gehalten wurde. Wir
lassen hier also für Bürgerversammlungen und Verhandlungen einen freien markt-
mlichen Platz annehmen, wie die area Capitolina in Rom.

Das Ebnen des Burgfelsens für Heiligthümer, Wohn- und Versammlungsräume
rd daher auch als die erste Werkthätigkeit der im Dienste des Königthums
beitenden Pelasger bezeichnet.

Das andere Werk derselben war die Befestigung der Burg. Das Pelasgikon
ird als eine Ummauerung geschildert, welche die Burg und einen Theil der Unter-
adt umfasste. Dass dies der westliche Fuss der Akropolis war, ist an sich sehr
ihrscheinlich, weil dies die am leichtesten zugängliche und gefährdetste Seite war.
ier ein Vorwerk anzulegen, war auch deshalb im Interesse der Burgherrn, weil
er eine Wasserader dem Felsen entquillt, ein unvergleichlicher Schatz der Burg,
dessen sicherem Besitze zu sein eine der ersten Rücksichten bei der Einrichtung
se Burgsitzes sein musste. Es ist die Klepsydra, deren Wasser sich jetzt in einem
erseitigen Felsenbassin unter der Apostelkapelle sammelt und durch ein Schöpf-
ch benutzt werden konnte; ein uraltes Quellhaus, wie das Tullianum am Capitole.
ach in späteren Zeiten schlossen die Bastionen der Citadelle dies Wasser ein und
e von Odysseus 1829 gebaute nennt sich geradezu einen Schutz des Quell-
assers*). Dass das Pelasgikon in der That diese Richtung hatte, geht daraus
rvor, dass die noch zu Polemons Zeit sichtbaren Trümmer in der Nähe des
reopags vorhanden waren. Von dem Westfusse zog sich die Mauer an der Nord-
ite entlang und der von derselben eingeschlossene Raum war seit alter Zeit durch
renges Gesetz jeder Privatbenutzung entzogen. Diese Verfügung hängt ohne
weifel damit zusammen, dass die Abhänge der Burg mit dem Innern derselben
einem engen Zusammenhange standen, welcher nicht unterbrochen werden durfte.
m deutlichsten tritt derselbe in der Grotte der Agraulos zu Tage, gerade unter
em Tempel der Athena Polias und mit ihm durch einen Höhlengang verbunden.
er Altardienst der Kekropstöchter Agraulos und Herse gehört der ältesten Königs-
it an. Es waren auch heilige Saatfelder**) am Fusse der Burg, deren Ertrag
r die den Burggöttern darzubringenden Opfergaben benutzt wurde, auch Wei-
m, auf denen Opferthiere gehalten werden konnten. Endlich wurde auch die
cherheit der Burghöhe durch den äussern Mauerring wesentlich erhöht; es wurde
rhindert, dass nicht durch Anbau von Wohnungen die natürliche Festigkeit der
hroffen Burgwände vermindert wurde, wie wir auch bei anderen Burgen die aus-
ückliche Bestimmung finden, dass der äussere Saum derselben auf eine gewisse
reite frei bleibe***). Dass die Aussenmauer eine ansehnliche Länge hatte, geht
hon daraus hervor, dass sie neun Thore hatte (daher Enneapylon). Sie diente
zu, der Burg einen solchen Abschluss zu geben, dass für ihre Gottesdienste so
e für ihre militärische Festigkeit genügend gesorgt war†).

---

*) προμαχεῶτα πηγαῖου ὕδατος. Wordsworth a. a. O. 85. Arch. Z. 1854, S. 203.

**) ἱεροὶ ἄροτοι. O. Jahn, Giove Polieo (Nuove Memorie 1865), pag. 6.

***) Ross, Inscr. ined. no. 165.

†) Bötticher (Bericht über die Untersuchungen auf der Akropolis, S. 218) vermuthet, dass das Ennea-
lon von neun Eingängen zu eben so viel heiligen Bezirken am Burgfusse seinen Namen habe.

Die städtische Bevölkerung, welche ausserhalb der Burg vorhanden war, erstreckte sich, wie wir oben gesehen haben, über die Felshöhen des Pnyxgebirges; nachdem also die Burg das Centrum der Stadt geworden war, muss die Thalsenkung zwischen ihr und jenen Höhen vorzugsweise der Platz des städtischen Verkehrs geworden sein. Dazu ist sie von Natur in hohem Grade geeignet; hier treffen die natürlichen Verbindungsstrassen von der See- und Landseite in einer bequem gelegenen Niederung zusammen, welche sich nach dem Olympieion und der Kallirrhoë erweitert. Nach der Südseite ging der Hauptweg, welcher Burg und Unterstadt verbindet, und wenn dazu das bestimmte Zeugniss des Thukydides kommt, nach welchem Alt-Athen ausser der Burg die südlich anliegende Gegend umfasste, so dürfen wir doch die Thatsache als feststehend annehmen, dass an dieser Seite der Kekropia sich das städtische Leben entwickelte und dass die Geschlechter, welche sich um die Königsburg sammelten, deren obere Fläche nur eine beschränkte Familienzahl fassen konnte, sich in dem Längenthale zwischen Akropolis und dem Philopapposberge bis zur Kallirrhoë hin ansiedelten. Wenn uns also ein Stadtquartier genannt wird, dessen Name — Kydathenaion — nichts Anderes bedeuten kann, als dass hier einmal die vornehmsten Geschlechter der Unterstadt zusammensassen und den Kern der Stadt, die eigentliche city, bildeten, so kann dies Quartier nur in dem genannten Thale gesucht werden *)..

War hier der Kern der Unterstadt, so muss auch der Marktplatz hier gewesen sein nebst allen zum Marktverkehre gehörigen Einrichtungen. Der Altmarkt **) lag aber auch nach einem bestimmten Zeugnisse in der Nähe des Heiligthums der Aphrodite Pandemos, welches an der Südseite der Akropolis gelegen war, wenn man auch darüber zweifeln mag, ob es mit dem Hippolyteion unmittelbar zusammen lag oder weiter nach dem Aufgange zur Burg. Mir ist das Erstere wahrscheinlicher, auch deshalb, weil bei dem Hippolyteion ein Tempel der Themis war, welche mit hellenischen Marktplätzen in naher Beziehung steht ***).

Die steigende Bedeutung der Stadt bezeugt sich in der Vermehrung der Heiligthümer, deren ausserordentliche Mannigfaltigkeit sich daraus erklärt, dass Athen von Anfang an eine Gruppe von Niederlassungen war und aus immer weiteren Kreisen Zuzug erhielt. Wir würden die Geschichte der Stadt Schritt für Schritt begleiten können, wenn wir die Chronologie der Heiligthümer herstellen könnten. Einstweilen müssen wir uns begnügen, gewisse Gruppen derselben zu unterscheiden, und zwar erkennen wir vornehmlich eine doppelte. Die eine lehnt sich unmittelbar an die Burg an, die andere liegt an der Südostseite, in der Gegend des Ilissos.

Zu der ersteren gehört die ganze Reihe von Stiftungen an der Südseite der Burg, Limnai, der älteste Sitz des Dionysosdienstes in Athen; daneben auf hoher Terrasse das Heiligthum des Asklepios (an einem Brunnen kenntlich, welcher vierzig Schritt von der Westgränze des Dionysosbezirks liegt); weiter gegen Westen das

---

*) Κυδαθηναιεύς· δῆμος ἐν ἄστει. Κυδαθην. ἔνδοξος Ἀθηναῖος, Hesych. Vergl. Sauppe de demis urbanis. pag. 13.

**) ἀρχαία ἀγορά (Apollodor bei Harp. u. πάνδημος) wie ἀρχαία σκευοθήκη. Philol. 24, S. 267.

***) Vergl. Ahrens, die Göttin Themis. Bötticher, Philol. Suppl. III, S. 426, trennt Hippolyteion und Pandemos. Zweifelnd spricht sich Wachsmuth, Rh. M. 23, 26, aus.

r Themis, dann das älteste Aphrodision, der Phaidra Stiftung, und das andere
iiligthum derselben Göttin, endlich die Ge Kurotrophos und Demeter Chloë,
ren Terrasse an der senkrechten Felswand unter dem Athena - Niketempel erkenn-
r ist *).

Das Ilissosthal war zu einer städtischen Bewohnung weniger geeignet; es hat
a Natur den Charakter freier Ländlichkeit und einer gewissen Wildheit, daher
ich der Name Agrai für die Umgegend des Stadiums und der verwandte Name
gryle, welchen der Gau trug, der sich vom Ilissos nach dem Hymettos erstreckte.
adurch wird schon die ganze Gegend als eine solche bezeichnet, welche zu dem
irne der kekropischen Stadt einen Gegensatz bildet, und die Kallirrhoë erscheint
ch in den Stadtsagen als ein Punkt am Rande der Altstadt, wo die Frauen und
ichter der Kekropiden, die zum Schöpfen hinkommen, von den aussen wohnen-
n Pelasgern belästigt werden. Der Ilissos bildete hier von jeher eine Gränze.

diesem Gränzbezirke war aber eine dichte Gruppe älterer und jüngerer Stif-
ngen; ausser dem Heiligthume des olympischen Zeus der benachbarte Bezirk von
ronos und Rhea **), das Demeterheiligthum jenseits des Ilissos, das der Eileithyia
ie wir in verschiedenen Städten als vorstädtische Gottheit finden ***), das der
llas mit dem troischen Bilde der Göttin, des Poseidon und der Musen, der
hrodite „in den Gärten” und endlich die Apolloheiligthümer. Diese sind in der
nzen Reihe die einzigen, welche wir ihrer Lage und ihrem Ursprunge nach etwas
nauer beurtheilen können; wir dürfen sie auch als die jüngsten ansehen, und
ar ist der pythische Gott wiederum jünger als der delische, mit dessen Eilande
i Athener durch den heiligen Hafen von Prasiai in uralter Verbindung standen.
ich tritt Apollon, dessen Religion auf der ganzen Ostküste sehr früh verbreitet
ir, in Athen selbst mit einer gewissen Schüchternheit auf; man verhält sich spröde
id abwehrend gegen ihn, bis die ionische Epoche (S. 19) durchbrach und die
arathonischen Geschlechter, zu denen die Theseïden gehörten, den Gott zu Ehren
achten †).

Wie sich nun die neueren Culte überall an die alten, gleichsam eingeborenen,
schliessen, um sich durch Verbindung mit ihnen zu legitimiren, so wird das Python,
lches Athen mit Delphi in Beziehung setzt, neben dem Zeus Olympios gegründet,
en so das Delphinion, in dessen Bezirk des Theseus Vater seinen Wohnsitz nimmt.
ich der Dienst der Aphrodite Urania (denn keine andere ist die „Aphrodite
den Gärten” am Ilissos) soll von Aigeus gestiftet sein. Endlich wird auch der
ltus des helikonischen Poseidon, der Musen und der troischen Pallas verwandten
ämmen zuzuschreiben sein, wenn er auch älter ist, als die eigentliche „ionische”
oche.

Nun gab es eine Zeit lang zwei getrennte Niederlassungen, eine kekropische
d eine ionische, wie von zwei Meerseiten her, von der westlichen und der östlichen

---

*) Arch. Zeitg. 1866, S. 167.
**) Bekker, An. Gr. 1, 273. Wachsmuth S. 17.
**) Peloponn. II, 536.
†) Alter des delischen Apollodienstes: Bötticher, Philol. Suppl. III, S. 374. Apollo in Athen: Mommsen,
rtol. 50. Apollo an der Ostküste: Die Ionier vor der Wanderung, S. 34.

Küste, Ansiedler zugewandert waren. Die Vereinigung der beiden Niederlassungen erfolgte nicht in der Weise, dass die östliche in die ältere Stadt aufgenommen wurde, sondern sie blieb Vorstadt, aber ihre Heiligthümer wurden in die Burgstadt übertragen. Dies zeigt die Apollogrotte bei der Burgquelle, eine flache, gegen Westen geöffnete Felshöhle am Westende der nördlichen Burgseite. Hier sollte die Erechtheustochter, als sie zum Brunnen ging, von Apollon umarmt sein, hier ihr Kind Ion geboren und ausgesetzt haben. Dieses bescheidene Heiligthum war lange Zeit die einzige Stätte des Apollodienstes in der Stadt. Als es geweiht wurde, war die Verschmelzung der Ionier und Erechthiden schon erfolgt, der Apollo Pythios war schon der Geschlechtergott (Patroos) und erhielt seinen Sitz als Hypakraios am Rande der kekropischen Burg*).

Es fand also in der ionischen Periode eine zwiefache Verschmelzung und Zusammensiedlung statt, eine engere städtische und eine weitere landschaftliche. Beide werden dem Theseus zugeschrieben, aber sie werden doch in der religiösen Ueberlieferung unterschieden, indem der ersteren das Fest der Synoikien galt, ein gleichsam häusliches Fest der Athener, der anderen die Panathenäen, das Staatsfest zum Andenken an die politische Einigung der ganzen Landschaft unter dem Schutze der gemeinsamen Staatsgottheit**).

Zu den vielen Stiftungen, welche der Zeit des Synoikismos ihre Entstehung verdanken, können wir das Heiligthum der Artemis Brauronia auf der Burg, das der Dioskuren neben dem Agraulion und das Eleusinion rechnen. Das letztere lag unter der Ostecke der Burg und diente, wie ich annehme, zur Verbindung zwischen Eleusis und den Mysteriengöttern in Agrai, deren Dienst wohl nicht von Eleusis herzuleiten ist***).

Um uns nun von der Stadt nach dem Synoikismos ein topographisches Bild entwerfen zu können, kommt es vorzugsweise auf die Entscheidung der Frage an, wo der Markt und die Staatsgebäude gelegen haben.

Nach Thukydides ist die Stadt vor Theseus auf Burg und Südseite beschränkt gewesen; sie erweiterte sich also damals auf die bisher noch nicht städtisch bewohnte Fläche der Nordseite und es könnte allerdings also schon damals auch der Stadtmarkt auf diese Seite verlegt worden sein.

Indessen wird die Verehrung der Aphrodite Pandemos und Peitho am Südrande der Akropolis so ausdrücklich auf die Person des Theseus und seinen Synoikismos zurückgeführt und die „alte Agora" als erster Sammelplatz des ganzen Demos in der Nähe, d. h. zu Füssen, des hoch gelegenen Heiligthums so bestimmt bezeugt, dass ich von dieser Ueberlieferung nicht abzugehen wage, welche ihre

---

*) Ueber die Apollogrotte Bötticher im Philol. XXII, S. 69. Auf die Uebersiedelungen von Osten nach Westen hat besonders Wachsmuth hingewiesen (Rh. Mus. 22, S. 185).

**) Wachsmuth S. 182, dem ich nur darin nicht folgen kann, dass er in dem Synökismus des Theseus nichts Anderes sieht, als die Verschmelzung der beiden städtischen Gemeinden. Die συνοίκια oder συνοικέσια waren mit Recht eine Vorfeier der Panathenäen. Schömann, Gr. Alt. II, S. 445. Auch der Synökismus vollzog sich in verschiedenen Epochen. Vergl. Festus I. Quatrurbem.

***) Ueber die Lage des Eleusinions Bötticher S. 312, welcher in einem Grundbaue nebst Säulenresten (64 Meter vom Lysikratesmale, 100 vom Burgfelsen, 140 vom Hadriansthore) Spuren des Buleuterions im Eleusinion zu erkennen glaubt. Bedenken dagegen bei Wachsmuth S. 59.

Gültigkeit behält, wie man auch über die Legende von der Pandemos urtheilen mag. Es begann ja auch nach Thukydides erst damals die Umgestaltung der Stadt, in Folge deren die Nordseite allmählich die Vorderseite der Akropolis wurde, und es ist nicht wahrscheinlich, dass die Ueberlieferung, welcher Thukydides folgt, über die theseische Epoche hinausging. Er führt ja auch gerade Kallirrhoë als ein Merkzeichen der alten Südstadt an und in der Nähe dieser Quelle waren Aigeus und Theseus recht eigentlich zu Hause. In der ionischen Zeit erhielt die Unterstadt erst ihre volle Bedeutung, und wegen der Beziehungen der Ionier zum Meere so wie des Theseus zum Phaleros ist nach meiner Ueberzeugung am wenigsten anzunehmen, dass damals das seewärts gelegene Centrum der Stadt landeinwärts verlegt worden sei. Theseus wird erst die Gliederung der Stände in Eupatriden, Landbauer und Handwerker zugeschrieben, und das Eupatridenquartier „Kydathenaion" (S. 22) kann ja erst zu einer Zeit, wo auch auf der Nordseite der städtische Anbau begonnen hatte, seinen Namen erhalten haben*).

Wir nehmen also an, dass der Markt der Landeshauptstadt in der Niederung gelegen war, welche westlich an das Quartier des Dionysos in Limnai gränzte. Man konnte einst von der Agora den dionysischen Aufführungen zuschauen und es lässt sich nach meiner Ueberzeugung nicht nachweisen, dass solche dramatische Aufführungen zu Athen jemals an einem andern Orte stattgefunden haben, als im Bezirke des Dionysos in Limnai**).

Die Niederung war der Platz des Gemeindeverkehrs und der Gemeindeversammlungen; es war noch kein Unterschied zwischen Ekklesia und Agora***). Später richtete man einen besonderen Raum ein, wo die Gemeinde zu politischen Verhandlungen zusammenkam, und zwar an den unmittelbar benachbarten Abhängen des Philopapposberges, welcher den Namen Pnyx hatte (S. 75). Sie sind, wie die Karten zeigen, in vorzüglichem Grade geeignet, um auf sanft ansteigenden Terrassen sitzende Bürgerversammlungen aufzunehmen. Auf diesen Raum, als den wichtigsten Theil der Höhe, wurde nun der Bergname Pnyx beschränkt†); Pnyx und Agora gränzten an einander, wie forum und comitium; man unterschied die berathende Bürgerschaft von der auf dem Kaufmarkte verweilenden mit dem Ausdruck: „Das Volk sitzt oben", einem Ausdruck, der doch, wie mir scheint, sehr deutlich darauf hinweist, dass der untere und der obere Raum einst an einander gränzten. An dieser Agora muss endlich auch das Prytaneion gelegen haben, nachdem es von der Akropolis in die Unterstadt verlegt worden war. Hier hatte der Landeskönig seinen Amtssitz, wie später der Archon-König in der Königshalle am Kerameikos. Hier war der Platz der Regierung und der Gerichte. Nur die Blutgerichte waren vom Markte entfernt, weil die des Mordes Schuldigen oder Verdächtigen den Gemeindeplatz nicht betreten durften. Das Blutgericht war auf dem Areshügel, wo das Heiligthum des Heros Hesychos war, in der Nähe das der Erinyen oder Semnai,

---

*) Die gegen diese Annahme neuerdings gemachten Einwendungen werden theils im Folgenden, theils a. anderm O. eingehender besprochen werden.

**) Vergl. Attische Studien II, 46. Dagegen Wieseler, Griech. Theater, S. 176. Bötticher S. 306.

***) Harpokr. πάνδημος.

†) Dass Pnyx ursprünglich eine weitere Bedeutung hatte, zeigt u. A. das οἰκεῖν ἐν τῇ Πυκνί. Arist. Eccl. 243 (vergl. Scheibe, Olig. Umw. S. 77) und der Ausdruck πάγος ὑψηλός, Wachsm. S. 39.

der Rächerinnen des Blutfrevels, welche dieser Stätte ihre religiöse Sanktion gaben. Der Fels des Areopags ist der Akropolis gegenüber zerbrochen und gespalten; aus einer tiefen Spalte dringt Wasser hervor (Mauronéri). Hier dachte man sich in der Nähe der Eumenidenaltäre einen Eingang in das Schattenreich *).

Ist die Ansetzung der theseischen Agora richtig, so muss in späterer Zeit eine Verlegung der Agora stattgefunden haben, denn wir finden dieselbe in der geschichtlichen Zeit auf der Nordwestseite der Burg, im Gaue der Kerameer. Da nun der Kerameikos der Sitz von Handwerk und Industrie war, also der Wohnort einer Bevölkerung, welche einen Gegensatz gegen die ritterlichen und priesterlichen Geschlechter bildete, die das Kydathenaion bevölkerten und als die allein mit öffentlichen Angelegenheiten Beschäftigten ihre Häuser rings um den Gemeindeplatz hatten**): so hängt die Verlegung der Agora, auf welche die Erwähnung eines Altmarkts deutlich hinweist, wahrscheinlich mit einem Umschwunge der städtischen Verhältnisse zusammen, durch welchen die bis dahin untergeordneten und vorstädtischen Menschenklassen zu Wohlstand und Einfluss gelangten. Dies geschah um die Zeit der Tyrannis. Von den Pisistratiden aber wissen wir, dass sie die ganze Stadt reorganisirten und einen Marktaltar gründeten, der ein neues Centrum von Stadt und Land wurde. Deshalb habe ich die (von einer Reihe eifriger Mitforscher angenommene) Vermuthung gewagt, dass man um die Pisistratidenzeit den „Altmarkt" verlassen und den bis dahin vorstädtischen Gaumarkt der Kerameer zum Stadtmarkte gemacht habe. Damit war der alte Zusammenhang zwischen Pnyx und Agora aufgelöst. Religiöse Gründungen, welche zum Stadtmarkte gehörten, wurden feierlich verpflanzt, wie namentlich der Gemeindeherd und das heilige Schutzmal (Altar des Mitleids); die profanen Einrichtungen (Gerichts- und Regierungsplätze, Heroldsteine u. s. w.) wurden einfach verlegt; vorstädtische Heiligthümer und Heroenmale wurden nun mit erhöhtem Ansehen zu städtischen und Markttheiligthümern, vorstädtische Feste, wie die Chalkeia zu Ehren des Hephaistos, des Handwerkergottes, mit neuem Glanze zu Volks- und Staatsfesten gemacht***).

Bis dahin haben wir uns in vorgeschichtlichen Verhältnissen bewegt, deren Verständniss nur durch Combination wieder hergestellt werden kann. Es wäre daher vermessen, der bisherigen Darstellung vom Entwickelungsgange der Stadt eine höhere Zuverlässigkeit zuschreiben zu wollen, als die, welche darauf beruht, dass sich eine Reihe von Thatsachen attischer Stadtgeschichte im Anschluss an die örtlichen Verhältnisse und an die einheimischen Ueberlieferungen im Zusammenhange begreifen lässt. Von jetzt an stehen uns sicherere und vollständigere Nachrichten zu Gebote, von denen ich die für die Stadtgeschichte wichtigsten übersichtlich zusammenzustellen suche.

*) Eur. El. 1272. Wordsworth, Athens and Att. 1837, pag. 80.
**) Vergl. bei Thuk. (3, 74) die Wohnungen der τὰ πράγματα ἔχοντες ἐν κύκλῳ τῆς ἀγορᾶς.
***) In allen Gauen gab es Märkte und an demselben Heroenmale, vorzugsweise in einem früh so angesehenen Gaue, wie der Kerameikos, der seinen Markt am Fusse von Melite hatte. Dahin rechne ich das Leokorion und das Mal des Androgeos (Bötticher S. 367. 369).

Nachdem Solon das Staatsleben der Athener geordnet hatte, waren Peisistratos und seine Söhne die Neuordner der Stadt in ihrer äussern Erscheinung. Ihre Einrichtungen sind ungeachtet der späteren Katastrophen für alle Zeit gültig geblieben, und man darf wohl sagen, dass die Stadt damals ihre geschichtliche Physiognomie erhalten hat.

Das allmählich angewachsene Athen war zu Anfang der Tyrannis ein unordentliches Ganze, ohne Einheit und innerlichen Zusammenhang. Burg und Südstadt bildeten das alte asty; ausserhalb desselben lagen dichtbevölkerte Vorstädte, welche mehr und mehr der eigentliche Sitz des städtischen Lebens geworden waren. Die wichtigste derselben war der Kerameikos, der sich vom Oelwalde herauf bis Areopag und Akropolis heranzog. Hier war der älteste Sitz attischer Industrie, namentlich der Töpferei, des ältesten Handwerks in Athen, und der verwandten Zweige der Plastik, der Schmiedekunst und des Erzgusses, mit den Culten der Handwerksgötter Hephaistos, Athena und Prometheus.

Der Markt des Kerameikos, von dem Fusse der Akropolis und des Areopags und an der Westseite von dem Hügel des „Theseion" eingefasst, wurde als Centralplatz von Athen jetzt in dem Grade der wichtigste Theil des ganzen Gaues, dass der Gauname auf ihn übertragen, dass Kerameikos und Agora gleichbedeutend wurden[*]. Inmitten des Marktraums wurde ein Altar der zwölf Götter gegründet, auf welchem an allen hohen Festen und von allen vorüberziehenden Prozessionen geopfert werden konnte. Er wurde der neue Mittelpunkt von Athen; denn hieher wurden die Strassen gerichtet, von hier aus wurden sie gemessen, und indem die städtischen Strassen sich als Landstrassen fortsetzten, wurde ihre Ausdehnung bis nach ihren Zielpunkten hin, mochten es binnenländische sein wie der Peiraieus, oder auswärtige wie Pisa, nach dem Zwölfgötteraltare berechnet[**]. Mit der neuen Bahnung und Vermessung der Strassen hängt die Aufstellung der Hermen zusammen, welche durch ihre Inschriften den Wanderer über Richtung und Länge des Wegs belehrten und ihm zugleich einen Dichterspruch, wie ihn das Zeitalter gnomischer Weisheit liebte, zu geistiger Erquickung auf den Weg mitgaben. Solche Hermen standen in der Mitte zwischen der Stadt und den Gauen. Auch innerhalb der Stadt wurden die Quartiere geordnet und dieser Zeit mögen die ältesten der Gränzsteine angehören, welche zwischen den Stadtquartieren vorhanden waren[***].

Am Kerameikos wurden die am Stadtmarkte unentbehrlichen Staatsgebäude eingerichtet. Ihre Lage und Reihenfolge gehört zu den sichersten Punkten der attischen Topographie. Sie bildeten eine nahe verbundene Gruppe am Südrande des Marktes, unterhalb des Areopags, dessen Felsen nach dieser Seite hin, wie man heute noch sieht, geradlinicht bearbeitet sind. Hier lagen von Westen nach Osten die drei Gebäude Metroon, Buleuterion, Tholos. Das erste ein Tempel der Göttermutter, welcher hier wohl seit älterer Zeit bestand und nun zum Staatsarchiv eingerichtet wurde; das zweite, im Tempelbezirke gelegen, das durch die Altäre des Zeus Bulaios und der Athena Bulaia geweihte Rathhaus; das dritte

---

[*] Wachsmuth S. 39.
[**] Zur Geschichte des Wegebaus, S. 39 (S. 347).
[***] Μέσοι ὅροι (Dem.) de Hal. 86. Rehdantz, Dem. S. 197. Att. Stud. I, 12.

4*

endlich ein rundes Herdgemach mit oben offenem Kuppeldache. Hier waren die
Prytanen am Staatsherde versammelt; von hier regierten sie während ihrer Amts-
zeit die Stadt; hier war also faktisch das Prytaneion des neuen Athen. Wenn
man es aber nicht Prytaneion nannte, so kann dies nach meiner Meinung nur
darin seinen Grund haben, dass ein älteres Prytaneion am Altmarkte vorhanden
war, welchem dieser Name verblieb. Die übrigen Marktseiten wurden zunächst
mit Hermen umgränzt *).

Ein anderer Zweig der baulichen Thätigkeit der Tyrannen bezog sich auf die
Versorgung der Stadt mit Wasser. Bezeugt ist nur, dass sie die Quelle am Ilissos
als eine Fontäne mit neun Mündungen einrichteten und so die Kallirrhoë zur
Enneakrunos machten. Es ist wahrscheinlich, dass die Quelle seit jener Zeit nur
für heilige Zwecke benutzt wurde und dass die grossartigen Wasserleitungen, welche
statt Cisternenwasser den Bürgern Bergwasser lieferten, zum grossen Theile in jener
Zeit angelegt worden sind **).

Sie sind eines der grossartigsten, aber zugleich unscheinbarsten, am wenigsten
besprochenen und bis heute noch am meisten unbekannten Denkmäler der alten
Stadt. Einen kleinen Wasservorrath lieferte die Klepsydra, von welcher sich ein
Wasserzug längs der Nordseite der Burg verzweigte; man sieht in deren Brunnen-
schachten fliessendes Wasser ***). Bei weitem das meiste Wasser kam von den
Bergen Brilessos, Hymettos und Lykabettos. Von letzterm fliesst es nach dem
Rizarion zu und folgt dann der heutigen Lykabettosstrasse. Der ganze Schloss-
garten ist von tiefen Wasserkanälen durchzogen, welche noch in voller Thätigkeit
sind; bei den tiefsten und ältesten ist der Wasserstand c. 60 Fuss unter dem
jetzigen Boden. Vor dem Schlosse ist in der Tiefe eine grosse Brunnenkammer
(Bubunistria), in der sich die Gewässer sammeln, ehe sie sich in Röhren durch
die Stadt vertheilen. Anderes Wasser scheint aus dem Ilissosbette zu kommen;
in einem Garten zwischen Ilissosinsel und Olympieion sieht man einen tiefen Kanal,
mit Quadern aufgemauert. Auch durch das Thal südlich von der Akropolis geht
ein Wasserzug, der am Odeion und am Theater vorüberführt.

Was die Heiligthümer der Stadt betrifft, so waren die Tyrannen vor Allem
bedacht, der Burggöttin neue Ehren zu erweisen. Die Burg wurde durch sie wieder der Sitz der Herrschaft; die Usurpatoren nahmen den Platz der alten Königswohnung ein und suchten sich als Nachfolger der alten Herrscher zu legitimiren.
Die alte Pelasgermauer diente ihnen als Burgring, und um den Blick des Neides,
der auf den Sitz ihrer Macht und ihres Wohllebens gerichtet wurde, unschäd-
lich zu machen, hingen sie als abwehrendes Schutzmittel (wie man sonst Gor-
gonenköpfe benutzte) das Bild einer kolossalen Heuschrecke an der Aussenseite der
Ringmauer aus†).

Innerhalb der Burg erhob sich in dieser Zeit auf der Höhe des Felsplateaus
ein neues Tempelgebäude zu Ehren der Athena, an derselben Stelle, wo später

---

*) Die Lage der Staatsgebäude siehe auf Bl. 1, Nr. 3.

**) Vorgl. meinen Aufsatz über die städtischen Wasserbauten der Hellenen, S. 13 (Arch. Zeit. 1847,
S. 26).

***) Bötticher, Bericht, S. 222.

†) Arch. Zeit. 1860, S. 40.

der Parthenon gebaut wurde, schmaler als dieser (wahrscheinlich sechssäulig) und um 50 Fuss kürzer, der ältere Hekatompedos *). Dass derselbe ein Werk der Pisistratiden sei, ist nur eine — allerdings sehr wahrscheinliche — Annahme, da über ihre gewiss sehr mannigfaltigen Werke zur Ausstattung der Akropolis nichts Näheres überliefert ist. Vielleicht gehört das Heiligthum der Athena Ergane in dieselbe Zeit.

Auch das Dionysosquartier (das Lenaion mit seinen beiden Heiligthümern) wird durch sie, welche diesen Cultus besonders begünstigten, an Ausdehnung und Pracht gewonnen haben, wenn auch das hölzerne Schaugerüst trotz der zunehmenden Frequenz des Festes im Dienste blieb. Bezeugt ist nur, dass sie das Olympieion am Ilissos in so grossartiger Weise umzubauen begannen, dass dies unter allen Prachtbauten der Zeit das bei weitem berühmteste wurde, und dass sie auch das benachbarte Pythion mit einem neuen Altare ausstatteten. Die Widmung desselben erfolgte, eben so wie die des Zwölfgötteraltars auf dem Markte, durch Peisistratos den Enkel, des Hippias Sohn **).

Nachdem die alten Vorstädte in die Stadt hereingezogen, wurden draussen an den Flüssen neue Vorstädte geschaffen und durch die Anlage von Gymnasien ausgezeichnet, und zwar der äussere Kerameikos durch die Akademie, welche Hipparchos mit einer Mauer einhegte, während am Ufer des Ilissos das Lykeion eingerichtet wurde.

Endlich ist auch in topographischer Beziehung von grosser Wichtigkeit diejenige Thätigkeit, welche die ehrgeizigen Pisistratiden anwendeten, um dem öffentlichen Gottesdienst einen neuen Aufschwung zu geben, indem sie durch eignen Aufwand so wie auf Kosten der Reichen die öffentlichen Aufzüge vermehrten, die Feierlichkeiten erweiterten und Alles aufboten, um die Götterfeste glänzend und genussreich zu machen, um das Volk durch Unterhaltung so wie durch Eröffnung neuer Erwerbsquellen an sich zu fesseln, die Vermischung der Stände zu befördern, Talente aller Art zu wecken, Fremde heranzuziehen und so den Ruhm ihrer Regierung zu steigern. Besonders waren es die Gottesdienste der Athena und des Dionysos, welche sie in dieser Absicht zu heben suchten. An den grossen Panathenäen wurde seit Peisistratos die ganze Herrlichkeit der Stadt zur Schau getragen. Die panathenäische Prozession mit dem als Segel aufgezogenen Gewande ging von dem Sammelplatze auf dem Kerameikos durch die Ebene der Nordstadt auf dem Wege, welchen noch heute das Thor der Athena Archegetis bezeichnet, bis zum Eleusinion; sie zog um das Heiligthum herum, dann, wie ich glaube, um die Ostecke der Burg, und gelangte so durch die südliche Niederung zu dem Eingange der Akropolis, indem sie die neuen und alten Stadttheile auf ihrem Kreislaufe verband, entsprechend der Gestalt von Athen, welches mit Bezug auf die Burglage eine Kreisstadt genannt wurde ***). Am Burgthore wurde das heilige Gewebe von der Segelstange abgelöst und zum Tempel der Burggöttin hinaufgetragen.

---

*) Strack, Arch. Zeit. 1862, S. 241. — Bötticher, Philol. 1862, S. 6.
**) Vitruv. VII, prooem. — Arist. Polit. pag. 224, 31. — Thuk. 6, 54.
***) Her. 7, 140. Auf der Nordseite lassen den Zug an der „pelasgischen Mauer" hin zurückgehen: Mommsen, Heort. 191, Bötticher, Philol. Suppl. III, 299, Wachsmuth S. 54 ff. Ich glaube den Namen Pelasgikon bei Philostratos von der Burg auffassen zu müssen, wie er bei Her. 5, 64 und a. a. O. gebraucht wird.

Es wurden damals alle namhaften Heiligthümer durch geräumige Feststrassen mit einander verbunden; Athen erhielt eine Reihe neuer Stadtwege; es wurde jetzt erst die „Stadt mit den breiten Strassen", wie sie in den am Hofe der Tyrannen geordneten Gedichten Homers preisend genannt wird, und diese Haupt- und Feststrassen der Stadt sind niemals verändert worden.

Die Tyrannen hatten bei allem Ehrgeize, den sie darein setzten, eine glänzende Kapitale zu schaffen, dennoch Scheu vor einer zu mächtig anschwellenden Bevölkerung und suchten durch allerlei Mittel das Volk draussen auf dem Lande zu halten. Nach ihrem Sturze wuchs also die städtische Bevölkerung unaufhaltsam an und erreichte bald die Höhe von c. 30000 Bürgern [*]. Die Privatbauten der Tyrannen wurden vernichtet, manches von ihnen Begonnene, wie das Olympieion, blieb liegen; auch an den vollendeten Werken suchte man ihr Andenken auszulöschen, indem man z. B. den Zwölfgötteraltar dergestalt vergrösserte, dass die Widmungsinschrift der Tyrannen verschwand. Die Tyrannenmörder stellte man in Erzbildern auf einer weit sichtbaren Hochfläche auf, dort, wo man von der Agora zur Burg hinaufging [**]. Sonst waren die Zeiten bis zu den Perserkriegen innerlich zu aufgeregt, als dass an grössere Bauanlagen und eine ruhige Fortführung der Neugestaltung Athens hätte gedacht werden können. Es muss deshalb auch zweifelhaft bleiben, ob die Erzstatuen der Heroen, welche die Namengeber (Eponymoi) und Vertreter der zehn neuen Bürgerstämme waren, schon in der Zeit des Kleisthenes auf der Terrasse des Areopags oberhalb des Marktes aufgerichtet worden sind.

Aus seinen inneren Unruhen kam Athen unmittelbar in auswärtige Verwickelungen; denn durch die Betheiligung an dem Aufstande Ioniens hatte es die bescheidene Neutralität einer kleinen Republik verlassen und sich in die Welthändel gemengt. Demgemäss musste es nun auch in einer ganz anderen Weise ausgestattet und gerüstet, es musste zu Angriff und Vertheidigung wehrhaft gemacht werden, es musste Flotte und Flottenhafen haben und eine seine volle Unabhängigkeit land- wie seewärts verbürgende Befestigung. Beides erkannte Themistokles und Alles, was die neue Stellung seiner Vaterstadt erforderte, war seinem hellen Auge von vorn herein klar; aber es hat ein halbes Jahrhundert gedauert, bis seine Pläne ausgeführt wurden.

Unglaublich lange hatte man die wahren Hafenplätze verkannt, und es erklärt sich dies nur dadurch, dass der Phaleros von Athen sichtbar, zu einem harmlosen Seeverkehre sehr wohl geeignet, näher und zugänglicher als der Peiraieus war, und zwar schnitt die Bucht damals noch tiefer als jetzt in das Land ein. Aber schon die Kämpfe mit den Aegineten erlaubten nicht, es bei diesem Hafenplatze bewenden zu lassen. Ol. 71, 4 (493) war das entscheidende Jahr, in welchem anstatt der offenen Phalerosrhede der Peiraieus mit seinen drei kreisförmigen Buchten als der wahre Hafenplatz Athens anerkannt und daselbst die Anlage eines zweiten Athen, eines See-Athen, beschlossen wurde. Zwei Jahre darauf wurde auf dem Kerameikos (wahrscheinlich am Haupteingange von Westen) die Herme errichtet, welche bestimmt war, das Andenken an die Gründung des Peiraieus zu erhalten [***].

[*] Gr. Gesch. II, 741, 20.
[**] Siehe Bl. 1, Nr. 3.
[***] Gr. Gesch. II², 17, 739. Ueber die Lage Wachsmuth S. 52.

Beide Städte mussten nun widerstandsfähig gemacht werden, aber die eintretende Kriegsnoth traf alle Arbeiten in den ersten Anfängen. Die Burg, zur Tyrannenzeit noch Citadelle, war nach Abzug der Pisistratiden demolirt worden und am Aufgange nur nothdürftig mit Holzwerk verrammelt. Athen wurde vollständig vernichtet. Ausser den wenigen Wohnungen, in denen die persischen Grossen Quartier genommen, wurde Alles dem Boden gleich gemacht, und nur der uralte Oelbaum im Pandroseion gab den Athenern Zeugniss, dass der Segen der Göttin noch nicht von ihrer Stadt gewichen sei.

Als nun die flüchtigen Einwohner heimkehrten, konnte bei der Unruhe der Zeiten an einen ordentlichen Neubau nicht gedacht werden. In aller Eile richteten sich die Athener nothdürftig wieder ein und von Staatswegen konnte man nichts Anderes im Sinne haben, als vor Allem die Erneuerung ähnlicher Katastrophen durch eine starke Ummauerung zu verhüten.

Wann die Unterstadt von Athen zuerst ummauert worden ist, wissen wir nicht. Es war aber vor Themistokles eine Stadtmauer vorhanden, und es ist sehr wahrscheinlich, dass diese von den Pisistratiden herrührte, weil diese immer einer Intervention von Seiten Spartas gewärtig sein mussten.

Dieser ältere Mauerring muss über die der Burg vorliegenden Anhöhen gegangen sein; ihm werden die stattlichen Fundamente angehören, welche sich vom Philopappos nach dem Nymphenhügel hinziehen, dem Kamme der Höhen folgend, und wenn man die Philopapposhöhe, das „Theseion" und das Hadriansthor, welches doch in der Linie eines alten Mauerrings gelegen haben muss, durch einen Kreis verbindet, so erhält man einen Mauerring von etwa 20 Stadien, in dessen Mitte die Burg lag. Diese Befestigung war aber beim Falle der Pisistratiden unvollendet, denn diese zogen sich vor den Spartanern in ihre pelasgische Burg zurück, und auch im Perserkriege kam die Befestigung der Unterstadt gar nicht in Betracht.

Themistokles hatte bei seiner Ummauerung den Gedanken, eine feste Landeshauptstadt zu schaffen, welche im Stande sei, einen möglichst grossen Theil der umwohnenden Bevölkerung in sich aufzunehmen. Darum schob er nach allen Seiten die Mauer vor. Im Süden zog er die Höhenkämme herein, welche nach der Seeseite sich erstrecken, die Höhen der alten Felsenstadt, weil er ja auf jede Weise die Oberstadt der Hafenstadt nähern wollte, und so bildete sich ein grosses, an die Gipfel des Philopappos und der Sternwarte sich anschliessendes Mauerdreieck, dessen noch vorhandene Spuren in den Attischen Studien I, 61—65 genau angegeben sind. Von dem Sternwarten- oder Nymphenhügel geht der Mauerzug über die Höhe des H. Athanasios nach der Hagia Triada, während andererseits vom Philopapposgipfel sich deutliche Mauerspuren gerade gegen Osten nach dem Ilissos hinunterziehen. Auf allen anderen Seiten ist die Bestimmung viel unsicherer. Doch wird man, da Themistokles die Stadt nach allen Seiten erweitert haben soll, darüber wohl nicht in Zweifel sein können, dass er den Bezirk des olympischen Zeus in die Befestigung eingeschlossen hat (es wird ein Stück Stadtmauer zwischen Olympieion und Pythion erwähnt: Strab. 404) und dass also der Thurm oberhalb der Kallirrhoë und die Mauerstücke dem Stadium gegenüber seiner Zeit angehören. Dann wendet sich die Mauer in rechtem Winkel vom Ilissos ab und zieht sich von Nordosten gegen Nordwesten. Die Nordgränze der alten Stadt ist am wenigsten mit

Sicherheit festzustellen. Doch ist es gelungen, mit Berücksichtigung der Terrainverhältnisse und der einzelnen bei den Neubauten zum Vorscheine gekommenen
Fundamente mit Wahrscheinlichkeit den Zug so wieder herzustellen, wie er auf
dem Stadtplane angedeutet ist. Bei dem Aschenhügel (Tephra) sind neuerdings
noch deutlichere Spuren der alten Stadtmauer gefunden, welche nach Westen hin
den Anschluss an Hagia Triada bildeten*).

Hier war der Hauptausgang der Stadt gegen Westen, das Thor zwischen dem
inneren und äusseren Kerameikos, ursprünglich der Ausgang nach Thria (thria-
sisches Thor) und Eleusis, dann aber so angelegt, dass alle bedeutenderen Landstrassen der Westseite, die Lebensadern des attischen Verkehrs, hier zusammen-
trafen. Von hier ging man gerade aus nach Eleusis, rechts nach der Akademie,
links nach dem Peiraieus. Nachdem es seiner Bedeutung entsprechend möglichst
fest und stattlich mit doppelten Thorwegen ausgestattet war, nannte man es das
Dipylon und betrachtete es als das Haupt- und Frontthor der ganzen Stadt. Die
entgegengesetzte, östliche Stadtseite war die stillere. Auch hier ging das Haupt-
thor, das des Diochares, nach dem vorstädtischen Gymnasium, dem Lykeion, hinaus; es lag also in der Nähe des königlichen Schlosses, wo man jetzt nach dem
Rizarion geht. Das acharnische Thor führte, ungefähr in der Linie der heutigen
Aeolosstrasse, nach den nördlichen Gauen der attischen Ebene, während der Weg
nach Phaleros durch das südliche oder itonische Stadtthor ging, welches mit hinreichender Sicherheit zwischen Philopappos und Ilissos angesetzt wird**).

Das waren die vier Hauptthore der themistokleischen Stadt. Ausserdem werden andere Thore genannt. Bei einzelnen derselben ist es nicht möglich, mit
Sicherheit zu entscheiden, ob sie mit einem der genannten Hauptthore identisch
sind oder nicht. So hat man vermuthet, dass das piräische Thor, das Leichenthor
(ἠρίαι), das heilige Thor nur besondere Ausgänge des Dipylon gewesen seien, wie
sich dies vom thriasischen und Kerameikosthor sicher behaupten lässt. War das
piräische ein besonderes Thor, so lag es wahrscheinlich in der Senkung zwischen
dem Athanasioshügel und der H. Triada, wo deutlich ein Thor nachweisbar ist.
Es könnte aber dies auch das „melitische" Thor gewesen sein. Nach dem Kynosarges, dem am Lykabettos hoch und fest gelegenen Heraklesheiligthum und
Gymnasium, führte ein Thor hinaus, wahrscheinlich das diomeïsche. Endlich war
auch ein Ausgang bei der Kallirrhoë, ähnlich der thebanischen Brunnenpforte oder
Krenaia. An den Thorbauten ist im Laufe der Zeit mancherlei umgestaltet worden,
um so mehr, da der Bau unter Themistokles in grosser Hast betrieben wurde und
nur das unmittelbar Nothwendige im Auge hatte***).

Dazu gehörte aber als Zweites die Ummauerung der Hafenstadt und ihrer
Häfen. Hier ist die Befestigungslinie durch die Beschaffenheit der Halbinsel so wie
durch deutliche und zusammenhängende Spuren so unverkennbar, dass darüber in
der Hauptsache kein Zweifel sein kann. Die Mauer ist mit grösserer Ruhe und
Sorgfalt ausgeführt worden, als der obere Stadtring, und nach der Schlacht von

---

*) Philol. 20, 529.
**) Die Lage durch neuere Funde bestätigt: Philol. 25, S. 337.
***) Ueber Lage und Namen der Thore giebt es eine Fülle von widersprechenden Vermuthungen. ἠρίαι π.
nach Bötticher gleich Dipylon; ἱερά π. nach Wachsmuth S. 45 Thor nach dem Barathron.

Plataiai war man so weit, dass sich zwei befestigte Städte in Entfernung einer Meile einander gegenüber lagen.

Nun folgte noch das Dritte und Wichtigste, die Verbindung beider Städte zu einer grossen Festung, denn ohne diese konnte jedes feindliche Heer Athen von seinen Häfen trennen. Dennoch dauerte es 17 Jahre, bis man Hand an das Werk legte, und die Vollendung desselben kostete die grössten Anstrengungen, weil es zugleich als ein Sieg der Demokratie und als die Vernichtung jedes Einflusses von Seiten Spartas angesehen wurde. 460 wurden die Mauer nach dem Phaleros und die nach dem Peiraieus in Angriff genommen; später musste man die letztere, deren Fundamente gesunken waren, erneuern. Als beide endlich fertig waren (456), hatte man doch nichts erreicht; denn die phalerische Mauer hatte keinen Anschluss an den Mauerring des Peiraieus. Also baute man 440 eine Parallelmauer der piräischen, 550 Fuss von dieser entfernt; nun hatte man einen südlichen und einen nördlichen Mauerschenkel und jetzt erst waren die Ideen des Themistokles verwirklicht[*]).

Die Spuren aller drei Mauern sind auf Blatt 1 verzeichnet. Rechnen wir die Seiten des südwestlichen Mauerdreiecks (S. 31), wie es der Natur der Sache entspricht, mit zu den langen Mauern, so setzen wir den Anschluss der nördlichen Mauer in die Nähe der Sternwarte. Der Lauf derselben lässt sich in den für die Steinlagen gemachten Bettungen auf dem Höhenrücken erkennen. Unten am Wege sind vielfache deutlichere Spuren, Quadersteine, die hinter einander liegen. In der Tiefebene geht die Chaussee auf dem alten Mauerdamme und das Material der Mauer ist vollständig verbaut; daher lässt sich auch der Anschluss an den Peiraieusring nicht mit Genauigkeit bestimmen.

Die südliche Mauer hat auf den Abhängen des Philopappos ihren unverkennbaren Anschluss. Weiter abwärts finden sich beim Eintritte in den Oelwald, in der Nähe des Wasserbehälters unweit des Tumulus, die ersten fortlaufenden Spuren derselben. Sie zieht sich wie ein Damm durch die Weingärten; ihm folgt der heutige Fussweg, welcher ihn nur an einzelnen Punkten verlässt. Rechts und links von ihm liegen die Mauerquadern; sie sind zum Theil ganz verwittert und lösen sich in Erdschutt auf. Wo sich gegen den Peiraieus das Terrain hebt, werden die Spuren vollständiger. Die Höhe, auf welcher die Grabstätten der französischen und englischen Soldaten liegen, wurde als passender Stützpunkt für den Mauerzug benutzt und mit einem Wartthurme versehen. Der Anschluss an den Ring der Hafenstadt ist sicher gegeben. Die südliche Mauer ist länger als die nördliche; beide werden aber auf 40 Stadien angegeben, ein Zeichen, dass man es mit diesen Längenmaassen nicht so genau nahm. Die Länge der Nordmauer kommt gerade auf 40 Stadien zu 500 Fuss.

Von der dritten Mauer sind längs der Chaussee, die nach der phalerischen Bucht gebaut ist, zusammenhängende Ueberreste gefunden worden; jetzt erkennt

---

[*]) Nach Thuk. 1, 107 Beginn der langen Mauern erst nach Kimons Verbannung. Plut. Kim. 13 schreibt die θεμελίωσις dem Kimon zu. Vgl. Vischer, Kimon, S. 54. Jede Betheiligung K.'s an diesem Werke stellen in Abrede nach O. Müllers Vorgange Oncken, Athen und Hellas I, 72, Schäfer, Jahrb. für Phil. 1865, S. 628.

man an zwei (auf Blatt 1 angegebenen) Stellen deutliche Ueberreste, oben Stein-
reihen, unten Steintrümmer. Unten am Meere springen mächtige Quaderreihen
in das Wasser vor, welche offenbar bestimmt waren, einen Landungsplatz zu be-
festigen. Die Länge der phalerischen Mauer beträgt 34—35 Stadien zu 500 Fuss.
In Beziehung auf Befestigung der Stadt waren Kimon und Perikles nur die
Vollender dessen, was Themistokles begonnen hatte, der Neugründer von Athen,
welcher die Landeshauptstadt des Theseus zur ersten Stadt in Hellas gemacht und
zur Hauptstadt des Archipelagus organisirt hatte. Selbständiger waren seine Nachfolger in der weitern Ausbildung des Innern der Stadt.

Hier hatte man noch vor der persischen Verwickelung die Herstellung eines
grossén Versammlungsraums für das Anschauen der dramatischen Spiele bei den
Dionysosfesten begonnen, nachdem Ol. 70,1 (500) die hölzernen Sitzplätze, von denen
man den Tragödien des Aischylos beigewohnt hatte, unter dem Andrange des
Publicums zusammengebrochen waren. Man richtete nun in demselben heiligen Bezirke, dem Lenaion, in dessen Nähe die Holzgerüste gestanden hatten*), einen
Schauplatz her, dessen Sitzstufen halbkreisförmig in den südlichen Abhang der Burg
eingehauen wurden, so dass jetzt ein monumentales Theater entstand, das sich in
seinen Grundformen alle Jahrhunderte hindurch erhalten hat und neuerdings in
seiner ganzen Ausdehnung wieder aufgedeckt worden ist. Seine Anlage erlaubte
eine allmähliche Erweiterung; der Felshang fing den Schall des in der Orchestra
Gesungenen und auf der Bühne Gesprochenen vortrefflich auf; von den Sitzplätzen
hatte man, gegen den Nordwind vollkommen geschützt, einen weiten Blick auf Land
und Meer, und dem Lokale gemäss bildete sich hier die Bühnensitte aus, dass man
die von der rechten, d. h. östlichen, Seite Auftretenden als vom Lande, die von der
anderen als aus dem Hafen oder der Stadt Kommende ansah. Vor dem Dionysos-
theater bestand aber schon ein anderes Staatsgebäude für musikalische Aufführungen,
das Odeion; es lag in der Nähe der Kallirrhoë, wahrscheinlich jenseits des Ilissos;
es war für den Wettkampf in Citherspiel und Gesang bestimmt und hing mit dem
am Ilissos früh eingebürgerten Apollo- und Musendienste zusammen**).

Das Theater war der letzte städtische Bau vor den Perserkriegen und einer
der wenigen, welche ihrer Beschaffenheit nach auch von den Persern nicht gänz-
lich zerstört werden konnten. Nach den Kriegen dauerte es natürlich eine Zeit
lang, bis man wieder an Luxusbauten denken konnte; aber die Athener haben sich
doch vermöge der bewunderungswürdigen Schwungkraft ihres Geistes rasch von
dem Schlage emporgerafft und nach Erledigung der nothwendigsten Aufgaben die
künstlerische Ausschmückung ihrer neu gewonnenen und nun doppelt theuer ge-
wordenen Vaterstadt in Angriff genommen. Themistokles hatte nur das für die
Sicherheit der Stadt Nothwendige im Auge; Kimon, der nach ihm den Staat leitete,
als derselbe für seine Existenz nicht mehr zu fürchten hatte, verfolgte mannig-
faltigere und idealere Zwecke. Zunächst freilich führte er seines Vorgängers Pläne
aus (S. 33). Auch wird ein ihm eigenthümlicher Befestigungsbau angeführt, nämlich die Mauer auf dem Südrande der Burg, welche er aus dem Erlös der Sieger-

---

*) πλησίον τοῦ ἱεροῦ Hesych. v. αἰγείρου θέα, also doch ausserhalb des Bezirks. Vgl. Wieseler S. 176.
**) Wachsm. S. 31.

beute von Thasos und vom Eurymedon aufrichtete. Man sollte glauben, dass die Befestigung einer inneren Citadelle jetzt unnöthig geworden sei; indessen zeigt der Bau, dass man damals mit Rücksicht auf die dort sich anhäufenden Kostbarkeiten wie auch auf den Bundesschatz (seit c. 459) eine neue Befestigung für rathsam hielt, und zwar an der Seite, wo die ältere Befestigung am ungenügendsten erschien. Die Mauer sprang gegen Westen mit einem mächtigen, den Aufgang flankirenden Thurme vor und war gewiss, wie die Erwähnungen derselben schliessen lassen, ein Prachtbau, welcher der Burg von der Seeseite her ein ganz neues Ansehen gab*).

Kimon, der reiche, freigebige, prachtliebende und kunstsinnige Eupatride, hatte einen patriotischen Eifer, seine Vaterstadt würdig und glänzend auszustatten. Man hatte damals in Ionien eine Anmuth und Schönheit städtischer Anlagen kennen gelernt, wovon im griechischen Mutterlande nichts zu finden war. Dazu gehörte besonders die Umgebung der Stadtmärkte mit schattigen Säulenhallen, in welchen die Bürger lustwandeln und ihre Musse geniessen konnten. Nach diesen Vorbildern begann man nun auch den attischen Kerameikos, dessen bauliche Einrichtung durch die Kriegszeiten unterbrochen war, neu umzugestalten. Nachdem also an der Süd- seite die drei Staatsgebäude Metroon, Buleuterion und Tholos (S. 27) wieder her- gestellt waren, erhoben sich an den anderen Seiten Prachtbauten, welche lauter Denkmäler des Ruhms und Siegserinnerungen waren, so namentlich neben dem Amts- gebäude des Archon die Königshalle (Stoa Basileios), die des Zeus Eleutherios mit dem kolossalen Standbilde Zeus des Befreiers, die von einem Verwandten Kimons so- genannte peisianaktische oder, wie sie später genannt wurde, Gemäldehalle (Poikile) und die mit den Ehrendenkmälern des Strymonsiegs geschmückte Hermenhalle, welche die Poikile mit der Königshalle verband und auf der dem Areopag und der Akropolis gegenüberliegenden Seite den Anfang des Marktplatzes bildete, wo die ursprüngliche Einfassung mit Hermen geblieben war.

Hier mündete in den Markt die Strasse, welche von Eleusis und zur Zeit der Gründung des Peiraieus (wie der Hermes Agoraios beweist) auch schon von den Häfen her durch das Dipylon in das Herz der Stadt hineinführte; auch sie wurde zu einer Prachtstrasse (Dromos), welche, mit Säulenhallen eingefasst, den in Athen Eintretenden so würdig wie möglich empfangen sollte. Das Dipylon erhielt eine immer grössere Bedeutung. Vor demselben wurde der öffentliche Begräbnissplatz für die im Kriege gefallenen Bürger angelegt, dessen Abtheilungen den verschie- denen Wahlstätten attischer Truppen entsprachen**). Auch die Vorstädte schmückte Kimon, namentlich die Akademie, welche er mit ländlichen Anlagen ausstattete. Besonderen Ruhm aber brachte ihm die Heimführung der in Skyros gefundenen Ueberreste des Theseus und die Bestattung derselben in einem Heroon, das inmitten der Stadt lag und in seinem Innern mit Bildern der heroischen Vorzeit ausgemalt wurde. Es gab natürlich vor Kimon Cultusstätten des Theseus in und um Athen. Wahrscheinlich hat Kimon eine derselben zur Anlage des neuen Heroon benutzt, welches nicht anders als in der Nähe des Stadtmarktes seinen Platz haben durfte.

---

*) Paus. 1, 28. Corn. N. Cimon 2. Plut. 13. Nordmauer von Them. Ross, Aufs. 1, 127. Boulé, Acr. I, 91. Michaelis üb. d. Akr. S. 67.

**) Wegebau, S. 58.

Nach der gewöhnlichen Annahme ist dies Heroon kein anderes Gebäude als der noch jetzt wohlerhaltene dorische Tempel auf der Höhe, welche im Westen den Kerameikosmarkt überragt, und deshalb ist dieser Tempel auch auf der Karte von Athen noch als Theseion bezeichnet. Die auf Theseus und Herakles bezüglichen Metopenreliefs so wie die besonderen Kennzeichen eines Heroentempels, welche man an dem Gebäude nachweisen zu können glaubt*), sind der Benennung günstig, der Charakter der Architektur wie Plastik passt in die Zeit Kimons, dennoch muss man festhalten, dass die Frage über die Bedeutung des Gebäudes durchaus nicht entschieden ist**). Andere Werke aus der „marathonischen Beute", die in unmittelbarer Beziehung zu den Perserkriegen standen, waren der Tempel der Artemis Eukleia am Ilissos (unterhalb der Kallirrhoë) und der Neubau des Anakeion (S. 24) mit seinen polygnotischen Wandgemälden.

Während der Zeit der kimonischen Siege war Pheidias zum Manne gereift und zum Meister monumentaler Plastik. Das erste seiner grossen Werke gehört noch der Zeit Kimons an, der Koloss der „Vorkämpferin" Athena (Promachos), ein Weihebild aus der marathonischen Beute, dessen Standort in der quadratischen Grundfläche in der Mitte zwischen dem Heiligthume der Polias und den Propyläen erkannt wird. Dann schloss sich Pheidias dem Perikles an, welcher die Vollendung der künstlerischen Ausstattung Athens zu einem Hauptgesichtspunkte seiner Politik machte.

Er begann diese Thätigkeit um 447 und baute zuerst für die musikalischen Wettkämpfe, mit denen er die Panathenäen ausstattete, das Odeion, ein bedecktes Rundgebäude, dicht neben dem Lenaion, so dass man es, wenn man das Theater an der Ostseite verliess, gleich zur Linken hatte, hart unter der Südostecke des Burgfelsens in der Nähe der grossen Höhle***). Nach Vollendung desselben wurde sein politischer Gegner Thukydides, des Melesias Sohn, verbannt (443) und damit jeder Widerspruch beseitigt, welcher sich seiner Staatsverwaltung entgegenstellte. Er hatte nun freie Hand und konnte jene grossartige Bauthätigkeit durchführen, für welche vielleicht von Anfang an ein bestimmter Plan vorgelegt war†), namentlich auf der Akropolis. Hier war natürlich das Haupttheiligthum der Stadt, das Erechtheion, vor allen anderen Gebäuden wieder hergestellt worden. Neben demselben errichtete man auf der Höhe des ganzen Burgfelsens, über den Grundmauern des zerstörten Hekatompedos (S. 29), mit vollem Aufwande aller Kunstmittel den Parthenon, dessen Grundriss nach den neuesten Forschungen auf Bl. 6 vorliegt. Er wurde 438 vollendet; er enthielt in seinem Hinterhause den Schatz des Staats und in seiner Cella das Bild der Athena Parthenos, vor welchem die Panathenäensieger gekrönt wurden, nebst einer Fülle von Weihgeschenken. Endlich wurde das grosse Eingangsthor der Propyläen gebaut, eine fünfthorige Marmorhalle, welche mit zwei Seitenflügeln den ganzen Westabhang der Burg überspannte. Der süd-

---

*) Bötticher, Bericht 183.

**) Ueber das Theseion Ulrichs, Ann. XIII, 74 (Reisen u. Forsch. II, S. 135). Philol. XIV, S. 713. Wachsm. Arch. Z. 1863, S. 98. Rh. Mus. XXIII, S. 11.

***) Grundmauern des Odeion nach Dodwell und Schaubert. Bötticher, Suppl. des Phil. III, 310. Wachsmuth S. 24.

†) Sauppe, Gött. Nachr. 1865, S. 247.

liche ist der kleinere. Auf dieser Seite war man im Raume eingeschränkt, weil hier auf dem Felsen oberhalb der Demeter Chloe (S. 23), auf einem weitblickenden Vorsprunge, von welchem König Aigeus sich herabgestürzt haben sollte, als er vom kretischen Meere her das Schiff seines Sohnes mit dunklem Segel heranfahren sah, ein Heiligthum der Athena Nike lag, in dem ein altes Cultusbild verehrt wurde. Diese Stätte wird auch beim Baue der südlichen Burgmauer sorgfältig geschont worden sein; sie erhielt eine neue Fundamentirung und bildete nun, als eine breite Freitreppe zu den Propyläen hinangeführt wurde, eine stattliche Brüstung derselben, eine Art Bastion, wie sie an der rechten Seite von Burgeingängen zur Beherrschung derselben angelegt zu werden pflegte. Sonst verlor die Akropolis jetzt durchaus den Charakter einer Citadelle, sie war wesentlich ein Festraum und es scheinen unterhalb der Freitreppe nur zwei Wächterhäuser gewesen zu sein, welche den Zugang von der Stadt beaufsichtigten*).

Seine künstlerische Vollendung erhielt der Aufgang durch den Neubau des Tempels der Athena Nike, welcher aus seinen alten Werkstücken wieder aufgebaut worden ist. Eine kleine Stiege führte von der Freitreppe zu seiner Terrasse hinauf, an deren Rande oberhalb der Treppe eine mit Siegesgöttinnen geschmückte Balustrade errichtet war; der Hauptzugang war aber an der Südseite des südlichen Propyläenflügels. Wann der kleine ionische Tempel errichtet sei, lässt sich nicht bestimmen. Ihn der kimonischen Zeit zuzuweisen und etwa als ein Denkmal des Eurymedonsiegs aufzufassen, scheint mir wegen des Stils der plastischen Arbeiten nicht statthaft zu sein**). Derselben Zeit perikleischer Staatsleitung gehört im unteren Athen u. A. der Bau oder wenigstens die Ausstattung des Tempels der Aphrodite Urania oberhalb des Marktes so wie der grossartige Neubau der Hafenstadt durch Hippodamos an; ferner der weitere Ausbau der städtischen Wasserleitungen, um welche sich Meton verdient machte, und endlich die Vollendung aller der grossen Befestigungsanlagen, welche Athen in Stand setzen sollten, furchtlos dem unvermeidlichen Kriege entgegenzugehen***).

Seit dem Ausbruche des peloponnesischen Kriegs ist Athen nie wieder in der Lage gewesen, so planvoll, in so grossem Stile und mit so reichen Mitteln öffentliche Bauten auszuführen. Die begonnenen Bauten stockten und wurden von Jahr zu Jahr verschleppt. So der Neubau des Poliastempels. Im Jahre 409 wurde eine Baucommission ernannt, um den Zustand des Tempels amtlich zu untersuchen und alles Unfertige aufzuzeichnen. Vier Jahre, nachdem man diesen Anlauf zur endlichen Vollendung des Tempels genommen hatte, brannte derselbe ab†) und es be-

---

*) Dies ist der Kern der Beuléschen Entdeckungen am Aufgange der Akropolis. Vgl. Böttichers Bericht, S. 13. Vielleicht bezog sich auf den unteren Posten der Dienst der πυλωροί, die verschieden sind von den ἀκροφύλακες. Vgl. Bursian, Ber. der S. Ges. d. W. 1860, S. 216 Einen θυρωρός, der die Schlüssel hat, erwähnt Marinus v. Procli, c. 10.

**) Michaelis, Arch. Zeitg. 1862, S. 263. Bötticher, Philol. 21, S. 41. Urania: Paus. 1, 14, 7. Overbeck, Schriftquellen, S. 125. Auch das Metroon erfuhr um diese Zeit eine neue Ausstattung. Bild des Agorakritos: Overb. S. 148.

***) Hippodamos: Gr. Gesch. II, 2, 284. Meton: Redlich, M. S. 18. Die Wasserwerke im Peiraieus waren zu Anfang des Kriegs noch nicht fertig. Ullrich, Beiträge zum Thuk. 86. — Perikles Sorge für die Mauern: Appian. B. Mithr. 30. Bötticher S. 404.

†) Hermes II, 22.

gann nun die Arbeit von Neuem unter immer schwierigeren Verhältnissen. Denn das Jahr darauf erfolgte die Niederlage bei Aigospotamoi und Athen wurde durch Vernichtung seiner Befestigung aufs Tiefste gedemüthigt. Athen blieb wehrlos bis nach der Schlacht bei Knidos (394). Da wurden die Verbindungsmauern zwischen Athen und Peiraieus, aber nur die beiden Parallelmauern, wieder hergestellt; damals gründete man auch am Hafen das Heiligthum der knidischen Aphrodite, und auf dem Markte waren die Ehrenbilder des Konon und Euagoras Denkmäler des neuen Aufschwungs. Aus denselben Zeiten stammt ein Grabdenkmal, dessen kürzlich erfolgte Aufgrabung von topographischer Wichtigkeit ist, weil sie uns eine deutlichere Anschauung von der Umgebung des Hauptthors von Alt-Athen gegeben hat. Man fand nämlich am Nordrande des Hügels, auf dem die Kapelle der H. Triada steht, wenige Schritte südlich von derselben, an alter Stelle eine Reihe von Grabmälern, die auf einer von Osten nach Westen gerichteten Mauer neben einander aufgestellt waren, wie sie die beigegebene Karte zur Anschauung bringt *). Das wichtigste unter diesen Denkmälern und überhaupt eines der merkwürdigsten aller erhaltenen Denkmäler der alten Stadt ist das ebendaselbst abgebildete des Dexileos, welcher in der Schlacht bei Korinth (394/3) einen rühmlichen Reitertod starb. Die Gräberreihe lag auf der Gränze des innern und äussern Kerameikos und, wie wir voraussetzen müssen, ausserhalb des Thors. Ist diese Voraussetzung richtig, so müssten die deutlichen Mauerspuren, welche wir auf dem Triadahügel gefunden haben, kein Theil des Stadtringes sein; dieser müsste sich rechts, d. h. ostwärts, gebogen haben. Sollten sich aber unsere Mauerspuren bewähren, so würde daraus erhellen, dass man es um die Zeit des korinthischen Kriegs nicht mehr so genau mit den Begräbnissen nahm, sondern gelegentlich auch leere Plätze innerhalb des Mauerrings dazu benutzte **).

In den 50 Jahren zwischen der Wiederherstellung der langen Mauern, welche Athen von Neuem zu einer unabhängigen Stadt machte, und dem Untergange seiner Selbständigkeit geschah nichts Bedeutendes für öffentliche Monumente. Freilich liess auch Eubulos nicht alle Finanzüberschüsse in Schmausereien aufgehen und veranlasste nach dem Falle von Olynthos (347) den Bau eines neuen Zeughauses im Peiraieus ***). Im Ganzen aber begnügte man sich damit, gelegentlich die alten Werke auszubessern. Die noch in Athen blühende Plastik hatte nicht mehr den monumentalen Charakter der älteren Kunst; der Gemeinsinn war erlahmt und Demosthenes klagt darüber, dass im Gegensatze zu der guten alten Zeit die Privatbauten glänzend und kostspielig hergerichtet würden, während das Oeffentliche vernachlässigt werde.

Erst nach der Schlacht von Chaironeia, als Athen sich aus den Welthändeln zurückzog, trat eine Zeit grösserer Ruhe ein, welche der Stadt zu Gute kam, namentlich dadurch, dass der Staatsmann, welcher in dieser Zeit die städtischen

---

*) Textbeilage Nr. 3, gezeichnet nach Salinas „Monum. sepolcrali scoperti in Atene 1863".
**) Vgl. Gött. Nachrichten 1863, S. 188. Gr. Gesch. 3, S. 215. Auf jeden Fall ist aber dieser Platz zu unterscheiden von dem bei Paus. c. 29, 11 erwähnten: κεῖται δὲ καὶ οἱ περὶ Κόρινθον πεσόντες. Dies war ein Polyandrion für die ganze dort gefallene Mannschaft, Dexileos aber hatte als „Einer der fünf Reiter" für ausgezeichnete Tapferkeit ein Denkmal am Thore. Vgl. Bötticher S. 397.
***) Philol. 24, 208.

Finanzen mit bewunderungswürdigem Erfolge ordnete und die Jahreseinnahme auf
1200 Talente (1,886,000 Thlr.) zu erhöhen wusste, zugleich ein Mann von altem
Patriotismus und edelster Kunstliebe war, ein Mann, welcher ganz in den Traditionen der Vorzeit lebte und nicht anders dachte, als dass jeder Aufschwung attischen Wohlstandes sich auch in Kunstschöpfungen und grossartigen Anlagen bezeugen müsse. Das war Lykurgos, der Sohn des Lykophron. Mit seiner Finanz-
verwaltung beginnt im Jahre des Untergangs der griechischen Freiheit (338) für
die Baugeschichte von Athen eine neue Aera, und zwar wurde wie zur perikleischen
Zeit gleichzeitig für die Schönheit wie für die Wehrhaftigkeit der Stadt gesorgt.
Die Marine wurde vergrössert und reichliches Kriegsgeräth auf die Burg ge-
schafft, wo das Zeughaus (Chalkotheke) zur Aufnahme desselben diente; es ist
vielleicht das Gebäude, dessen Grundmauern östlich vom Parthenon beim Baue des
neuen Museums kürzlich zum Vorscheine gekommen sind*). In den Kriegshäfen
wurden neue Schiffshäuser angelegt, von denen die Grundmauern noch im Wasser
zu erkennen sind; an dem unter Eubulos begonnenen See-Arsenale im Peiraieus
wurde fortgebaut. Auch eine umfassende Reparatur der ganzen städtischen Befestigung wurde unter Habron, dem Sohne Lykurgs und seinem Nachfolger im Amte
der obersten Finanzleitung, in der That aber noch unter Leitung des Vaters, vorgenommen, um bei der Unsicherheit der staatlichen Verhältnisse auf alle Fälle
gerüstet zu sein**). Als einen Freund der Friedenskünste bewährte sich Lykurgos,
indem er das dionysische Theater erweiterte und vollendete. Wahrscheinlich gehört
der mächtige Anbau an der Westseite dieser Zeit an. Andere seiner Werke werden
als vollständige Neubauten in den Inschriften bezeichnet, so namentlich das panathenäische Stadium jenseits des Ilissos. Freilich ist dieser Platz von Natur zu
einem Schauplatze körperlicher Wettkämpfe, wie sie bei den Hellenen üblich waren,
in so vollkommner Weise geeignet, dass man sich schwer davon überzeugen kann,
dass derselbe nicht schon früher, etwa seit der Tyrannenzeit, zu diesem Zwecke
benutzt worden wäre; auch heisst es bei dem hier sehr wohl unterrichteten Bio-
graphen Lykurgs, dass er das panathenäische Stadium mit einem Unterbaue versehen habe; das frühere Bestehen desselben wird also stillschweigend vorausgesetzt.
Wahrscheinlich bezog sich also die Bauthätigkeit Lykurgs darauf, dass er erstens
die gegen den Ilissos vorspringenden Höhen der beiden Thalränder aufmauerte und
zweitens den Zugang zu der Thalmulde bahnte. Dazu schenkte ein patriotischer
Athener sein am Flusse gelegenes Grundstück der Stadt und nun konnte vom
rechten Ufer über das Flussbett ein breiter und ebener Weg (vermittelst eines
Dammes oder einer Brücke) hergestellt werden***). Der mehrjährige Bau wurde
336 vollendet und eingeweiht.

So gut wie ein Neubau scheint auch die Anlage im Lykeion (S. 29) gewesen
zu sein; er baute hier in dem schon von Peisistratos und Perikles eingerichteten

*) Phil. 24, S. 269, wo Carl Curtius nach den neu gefundenen Inschriften Lykurgs Bauthätigkeit
im Zusammenhange behandelt hat.
**) Den darauf bezüglichen Volksbeschluss enthält die von O. Müller de munimentis Athenarum heraus-
gegebene Inschrift.
***) So erkläre ich χαράδραν ὁμαλὴν ποιήσας, Δεινίου τινός, ὃς ἐκέκτητο τοῦτο τὸ χωρίον, ἀνέντος τῇ
πόλει, Vit. X. Or. 347. Ich kann τοῦτο τὸ χωρίον nicht auf die Thalmulde des Stadiums beziehen, wie
Wachsmuth S. 22. Vgl. Philol. 24, 273.

Bezirke ein Gymnasion so wie eine grossartige Palästra und wusste den ganzen Raum durch Pflanzungen zu verschönern. Auch ein Odeion*) wird ihm zugeschrieben, wahrscheinlich eine Erneuerung des bei der Kallirrhoë gelegenen (S. 34). So wurde in der Zeit, da nach dem Aufbruche der Makedonier gegen Persien Griechenland vor allen Kriegsunruhen gesichert schien, Athen mit grossartigen Werken ausgestattet. Seine Gottesdienste und Feste dauerten ungestört fort, und wenn es an kriegerischem Ruhme fehlte, so gaben die Festsiege vielfachen Anlass zur Gründung geschmackvoller Denkmäler, welche der Stadt zur Zierde gereichten. So füllte sich namentlich das Quartier „der Dreifüsse" immer mehr mit solchen Bauten, welche bestimmt waren, die durch einen siegreichen Chor gewonnenen Preisdrei- füsse als dem Dionysos, dem Spender des Siegs, dargebrachte Weihgeschenke auf- zunehmen. Sie wurden auf Säulen oder kleinen tempelförmigen Gebäuden aufge- stellt. Eines derselben hat sich im Ganzen vollständig erhalten, der kleine Rund- bau mit sechs korinthischen Säulen, geweiht von Lysikrates, dem Sohne des Lysi- theides, der im Namen des akamantischen Stammes im Jahre 335 mit einem Knabenchore den Sieg davontrug. Die gegen Südost gerichtete Inschrift bezeichnet die Front des Gebäudes und zugleich die Richtung der Tripodenstrasse, welche durch das Quartier hindurch führte und beim östlichen Eingange des Theaters mündete. Zwischen dem Lysikratesmale und dem Theater ist noch eine andere Dreifussbasis zum Vorscheine gekommen**). Diese choregischen Denkmäler zogen sich aber auch über das Theater hinauf, wo sich hart am Felsen der Burg ein herrlicher Platz zu solchen Gründungen darbot. Dort erbaute 15 Jahre nach dem Siege des Lysikrates Thrasyllos aus Dekeleia die Marmorhalle, welche eine Statue des Dionysos trug, so wie seine und später (271) auch seines Sohnes Weihdreifüsse aufnahm. Die Zahl der auf einzelne Personen bezüglichen städtischen Denkmäler war in ununterbrochener Zunahme, namentlich auch die Zahl der Ehrenstatuen. Das erste einem lebenden Mitbürger errichtete Erzbild war das des Konon (S. 38). Nach diesem Vorgange wurde man verschwenderisch mit dieser Ehrenbezeugung; es wurden dem Chabrias, Iphikrates, Timotheos, Kallias, Lykurgos, Demosthenes Bildsäulen errichtet und in der Nähe der Standbilder auch andere Denkmäler, welche mit den dargestellten Personen in Zusammenhang standen***).

Als Thrasyllos seinen Festsieg feierte, hatte sich durch den lamischen Krieg die politische Lage der Stadt sehr zum Nachtheil verändert. Dennoch blieb die Stadt als solche wohlbehalten; sie erfreute sich nach wie vor eines lebhaften Fremden- verkehrs und bürgerlichen Wohlstandes, und wenn der Phalerer Demetrios, der von 317 bis 307 die Athener regierte, auch die verschwenderische Baulust eines Perikles tadelte, so waren doch die Kunstwerkstätten unter ihm in voller Thätig- keit, so dass es möglich war, in einem Jahre 360 Bildsäulen des Demetrios zu Fuss, zu Ross und zu Wagen aufzustellen. Unter ihm setzte Philon seine Thätig-

---

*) Philol. 24, 278.
**) Wachsm. 24. Ein anderes Denkmal, die „Laterne des Diogenes", stand dem Lysikratesmale gegen- über. Ross, Arch. Aufs. 1, 264.
***) Ehrenbilder: Böckh, Staatsh. 1, 348, 504. Kallias neben dem Friedensaltar (und der Friedens- urkunde?). Vgl. Carl Curtius de actorum publ. cura ap. Gr. p. 36.

keit fort, derselbe, welcher die Skeuothek vollendet hatte, der letzte der grossen Baumeister Athens, dem es vergönnt war, seine Vaterstadt mit bedeutenden Kunstwerken zu schmücken, welche sie aus eigenen Mitteln herstellte *).

Was in der folgenden Zeit in Athen gebaut worden ist, verdankte die Stadt der Gunst auswärtiger Wohlthäter, welche sich dadurch als Fürsten von hellenischer Bildung bezeugen wollten, dass sie die Metropole der Kunst und Wissenschaft ehrten. Denn die Nachfolger Alexanders betrachteten eine solche Bildung wie eine Art von Legitimation ihrer fürstlichen Stellung.

Die Reihe dieser Philhellenen eröffnet Ptolemaios Philadelphos, welcher nach 275 mitten in der Stadt nahe beim Theseion ein Prachtgebäude aufführte, ein grosses Gymnasium, welches bestimmt war, Athen als die auserwählte Stätte der Jugendbildung auf die glänzendste Art zu kennzeichnen. Ihm folgte nacheifernd Attalos der Erste von Pergamos (um 200), indem er eine Halle baute, die bis dahin nur aus einer Erwähnung (Athen. 213 D) bekannt war, vor 4 Jahren aber in einer ansehnlichen Ruine wieder erkannt worden ist. Es ist die einzige bedeutende Ruine im Bereiche des alten Kerameikos, der Ueberrest einer 110 Meter von SO. nach NW. sich erstreckenden, gegen Westen offenen Halle mit einer Rückwand, durch welche 21 Thüren in eben so viel geschlossene Räume führten. Das südliche Ende war als Kirche der Panagia Pyrgiotissa benutzt. Man glaubte seit Stuart hierin Ueberreste vom Gymnasium des Ptolemaios zu sehen, bis vor Kurzem die Architravinschrift zu Tage kam, welche den Hallenbau als eine Stiftung von Attalos und Apollonis bezeugt **).

Die Bauten des Ptolemaios und Attalos konnten nicht ausgeführt werden, ohne eine wesentliche Umgestaltung der Stadt nach sich zu ziehen, wie sie seit den Tagen Kimons nicht stattgefunden hatte. Vom Ptolemaion lässt sich einstweilen die Lage noch nicht nachweisen; seine Bestimmung ist wesentlich von der des Theseion abhängig. Die Attaloshalle aber war ein unmittelbar zum Markte gehöriges Gebäude, eine Kaufhalle am östlichen Marktrande, und es kann nur darüber eine Meinungsverschiedenheit obwalten, ob der Theil der Agora, an dem sie lag, eine in jener Zeit gemachte Erweiterung derselben war oder von Anfang an zu ihr gehört hatte ***).

Wie sich im Baue von Markthallen und in der Ausschmückung der Akademie Attalos an Kimon anschloss, so auch auf der Burg, indem er die Innenseite der kimonischen Mauer mit Statuengruppen ausstattete, welche die Siege der Pergamener über die gallischen Barbaren in einer Reihe mit den Heldenthaten attischer Geschichte darstellten. Diese Gruppen sind neuerdings in einer Reihe erhaltener Bild-

---

*) In die nächste Zeit fällt die Befestigung des Museion durch Demetrios Poliorketes: Plut. Dem. 34. Paus. I, 25, 7.
**) Att. St. II, 30. Siehe die Lage der Halle Bl. 1, 3 und Textbeilage 4 zu S. 55.
***) Wachsm. 12. Zwischen Attaloshalle und „Theseion" sind die Ueberreste einer Stoa (Pfeilerstatuen mit Schlangenfüssen), über welche bis jetzt jede nähere Auskunft fehlt. Att. Stud. II, 49.

werke wieder erkannt und ihre Postamente an der Burgmauer auf dem Bötticherschen Plane der Akropolis zuerst bezeichnet worden*).
Seinem Vater Attalos folgte Eumenes II. auch in der Liebe zu Athen und
baute bei dem dionysischen Theater die sogenannte Stoa Eumenia, eine Halle,
welche nach dem Vorbilde kleinasiatischer Städte zunächst dazu eingerichtet war,
um dem zu den Festen sich versammelnden Volke Schutz gegen Hitze und Regen
zu gewähren. Sie wird sich ohne Zweifel rechts, d. h. westlich von der Bühne,
unterhalb der Akropolis entlang gezogen haben. Sichere Spuren derselben sind
noch nicht gefunden.

Unter den syrischen Fürsten, welche den Ptolemäern und Pergamenern nach-
eiferten, zeichnete sich Antiochos Epiphanes aus. Er liess über dem Theater an
der Burgmauer eine goldene Aegis mit dem Medusenkopfe anbringen, um die ganze
Burg als ein Eigenthum der Pallas Athene zu kennzeichnen, und unternahm einen
prachtvollen Neubau des uralten Olympicions (S. 17), welches seit Peisistratos unvollendet geblieben zu sein scheint. Dazu berief er um 167 einen römischen Baumeister, Cossutius. Der Tod des Königs (164) unterbrach das Werk und Sulla
konnte, als er Athen eroberte, die für den Tempel bestimmten Säulen nach Rom
bringen, um sie dort für Jupiter Capitolinus verwenden zu lassen (86)**).

Durch die Römerherrschaft waren schon vor dieser Katastrophe Veränderungen
eingetreten, welche auch für die städtische Einrichtung Athens von Bedeutung
waren. Die Anordnungen der Römer bezogen sich nämlich von Anfang an auf Be-
seitigung aller demokratischen Unsitte, und dazu rechneten sie vor Allem das Volks-
versammlungswesen der Griechen. Sie beseitigten also die theaterähnlichen Lokale,
in denen die republikanischen Bürgerschaften getagt hatten, und legten forum und
comitium zusammen. Dass dies in Athen geschehen ist, beweist der Umstand, dass
den römischen Statthaltern eine Tribüne vor der Attaloshalle eingerichtet worden
ist***), vor welcher das auf dem nördlichen Marktplatze versammelte Volk stehend
die amtlichen Mittheilungen der Behörden vernahm. Damit waren also die beiden
früheren Lokale der Volksversammlung ausser Gebrauch gesetzt, und während das
Theater als solches in Ehren blieb, war der ältere Versammlungsraum, die Pnyx,
gründlich zerstört und umgestaltet worden†). Bei der fanatischen Volksbewegung,
welche dem Ausbruche des mithridatischen Kriegs in Hellas voranging, dachte der
Demos, obgleich die Zeiten der alten Demokratie zurückgeführt werden sollten, gar
nicht mehr daran, sich auf der Pnyx zu versammeln, sondern die Masse strömte
ungerufen auf dem freien Platze vor der Attaloshalle zusammen, um von der dor-
tigen Rednerbühne den neuen Demagogen, Aristion, anzuhören††).

Aus dem Demagogen wurde ein Tyrann. Er wurde von den Römern in der
Burg belagert, wie einst Kylon von den Alkmäoniden; wie Kylon wurde auch er

---

) Brunn, Bullet. dell' Instit. 1865, S. 116. Arch. Zeitg. 1865, S. 66.
**) Leake, Top. v. A. 1844, S. 375.
***) βῆμα τὸ πρὸ τῆς Ἀτταλου στοᾶς ᾠκοδομημένον τοῖς Ῥωμαίων στρατηγοῖς, Athen. 212. Att.
St. II, 81.
†) τὸ θέατρον ἀνεκκλησίαστον, τὴν πύκνα ἀφῃρημένην τοῦ δήμου.
††) Hertzberg, Gesch. Gr. unter den Römern, I, 351. Die Terrassen des Pnyxhügels müssen schon
durch die maked. Befestigung (S. 41) und dann durch die Zerstörung derselben manche Veränderung er-
litten haben.

durch Wassermangel zur Uebergabe gezwungen, nachdem es den Römern gelungen war, sich in den Besitz der Klepsydra zu setzen, und bei dem Strafgerichte, welches Sulla an der rebellischen Stadt vollzog, erlitt sie zum ersten Male solche Schäden, welche niemals wieder hergestellt wurden. Das Odeion des Perikles, welches Aristion in Brand gesteckt hatte, damit es nicht den Belagerern zu Nutzen komme, wurde freilich von dem kappadokischen Könige Ariobarzanes III. Eusebes wieder aufgebaut*), aber die Mauerstücke, welche Sulla zerstört hatte, namentlich die Ringmauer der Hafenstadt, welche einen längeren, zähen Widerstand leistete, blieben so liegen, wie sie die römischen Widderköpfe niedergeworfen hatten**).

Aber dieselben Römer, welche den letzten nennenswerthen Versuch der Athener, eine selbständige Politik wieder aufzunehmen, so schwer bestraft hatten, traten selbst in die Fusstapfen der ägyptischen, pergamenischen, syrischen, kappadokischen Philhellenen, und deshalb begann mit dem römischen Prinzipate, dessen politische Richtung von Anfang an auf eine Verschmelzung des Römischen und Hellenischen hinzielte, auch für Athen eine bessere Zeit. Der Peiraieus verfiel und glich mit seinen öden Plätzen innerhalb des mächtigen Mauerrings 'zu Strabos Zeit einer „hohlen Nuss"; die Oberstadt aber hatte reichlichen Gewinn durch die Gunst der Römer.

Oktavian selbst war wegen Athens Parteistellung in den Bürgerkriegen der Stadt persönlich nicht gewogen, aber auch er konnte dem Zuge jener philhellenischen Politik nicht widerstreben, und es scheint namentlich Agrippa gewesen zu sein, welcher seinen Einfluss zu Gunsten der Athener geltend machte. Dass er sich in dieser Beziehung um die Stadt grosse Verdienste erworben hat, erhellt schon daraus, dass man ihm unterhalb des nördlichen Propyläenflügels an der glänzendsten Stelle, welche ausfindig gemacht werden konnte, links vom Aufgange zur Burg, eine Ehrenstatue errichtete, deren viereckige thurmartige Basis 1835 aus dem türkischen Mauerwerke wieder herausgeschält worden ist und im Ganzen unverletzt an alter Stelle steht, mit der Dedikationsinschrift auf der westlichen Seite. Dieses Monument konnte nicht wohl errichtet werden, ohne dass gleichzeitig ein Umbau des Burgaufgangs erfolgte, und ein solcher Neubau ist nach den Zerstörungen, welche gerade auf dieser Seite bei der sullanischen Belagerung eingetreten sein mussten, in hohem Grade wahrscheinlich***). Oktavian selbst erwies man aber seiner Anordnung gemäss in der Weise göttliche Ehre, dass man ihn mit Roma verbunden unter die Burggottheiten aufnahm und auf der Fläche östlich vom Parthenon einen Rundtempel der Roma und des Augustus von etwa 20 Fuss Durchmesser aufrichtete, von dem der Architrav nebst Inschrift erhalten ist†).

Viel umfassender waren aber die Neubauten, welche mit dem Beginne der Kaiserzeit in der Unterstadt vorgenommen wurden††). Der alte Markt blieb nicht vernachlässigt; Agrippa baute im Kerameikos ein (wahrscheinlich für Recitationen bestimmtes) Theater. Aber hier war im Ganzen wenig Platz, und deshalb wurde östlich vom Kerameikos nach und nach ein grosser Theil des Stadtbodens zu öf-

---

*) Hertzberg S. 436.
**) Ross, Arch. Aufs. 1, 233.
***) Ross, Arch. Aufs. 1, 97. Hertzberg S. 518. Arch. Z. 1854, S. 202. ἔργον τῆς ἀναβάσεως.
†) Hertzberg S. 519.
††) Att. St. II, 50.

fentlichen Anlagen· benutzt, in ähnlicher Weise, wie sich in Rom an das alte Forum die neuen Kaiserfora anschlossen. Diese Thatsache wird unzweifelhaft, wenn wir die verschiedenen Bauten dieser Gegend, welche sämmtlich der römischen Zeit angehören, in das Auge fassen. Zuerst der Marmor-Thurm, welcher, von einem syrischen Philhellenen, Andronikos aus Kyrrhos, etwa um die Mitte des letzten Jahrhunderts v. Chr. erbaut, noch heute als „Thurm der Winde" am Südrande der Aeolosstrasse wohl erhalten steht. Seine acht Seiten, den Hauptwinden zugekehrt und mit Reliefbildern der Windgötter geschmückt, waren bestimmt, den Stand der. Sonne anzugeben; der Triton auf seiner Dachspitze diente als Windsignal und im Innern war eine Wasseruhr angebracht. Es kann also kein Zweifel sein, dass dies Gebäude auf einem öffentlichen Verkehrsplatze stand, welcher schon vor der augusteischen Zeit angelegt worden ist. Für das Wasser, welches dem horologischen Thurme zugeführt werden musste, waren die Bögen erbaut, die noch heute hinter demselben sich erhalten haben; sie sind laut Inschrift der Athena Archegetis und den Sebastoi gewidmet, sie leiteten das Wasser der Klepsydra (S. 21) in den Thurm, und ihre Anlage hängt wohl mit den Bauten am Aufgange der Burg zusammen, die mit Agrippas Denkmale in Verbindung stehen. Derselben Athena ist aber auch die Thorhalle mit vier dorischen Säulen geweiht, welche zum ehrenden Andenken an die Freigebigkeit der kaiserlichen Familie erbaut ist, und zwar zwischen der Adoption und dem Tode des Lucius Caesar, also 12 oder 13 n. Chr. Dieses Thor ist in gerader Linie auf das Horologium gerichtet; es führte auf einen Platz, welcher in der Kaiserzeit als Oelmarkt gedient hat, wie der am Thore stehende, auf Oelverkauf bezügliche Inschriftstein erweist, welcher nach den neusten Untersuchungen niemals seinen Platz verändert hat. Der Oelmarkt aber mündete in den grössern Platz, auf welchem das Horologium lag; die Correspondenz dieser Gebäude ist so augenscheinlich, dass die Absicht, hier grosse städtische Verkehrsräume herzustellen, nicht in Abrede gestellt werden kann. Das genannte Thor war aber kein blosses Verkehrsthor, sondern ein Prozessionsthor und bezeichnet wahrscheinlich die von den Pisistratiden (S. 29) gebahnte panathenäische Feststrasse, die vom Kerameikos nach dem Eleusinion ging *).

Endlich wandte sich die Aufmerksamkeit des Augustus auch der Ilissosgegend zu und dem unvollendeten Tempel des olympischen Zeus. Dieses Werk sollte durch gemeinsame Beisteuer aller mit Rom verbundenen Könige ausgebaut werden; der gemeinsame Philhellenismus sollte gleichsam die Basis einer grossen Amphiktyonie werden, die sich im Aufbau des Tempels bezeugte. Doch scheint man hier nicht ernstlich ans Werk gegangen zu sein **).

In der nachaugusteischen Zeit wurde an den neuen städtischen Anlagen fortgearbeitet und der Platz um das Horologium mit Säulenhallen eingefasst. Ueberreste derselben sind 18 Schritte westlich vom Horologium nachzuweisen, und zwar

---

*) Wenn Bursian gegen einen Neumarkt in röm. Zeit so heftig polemisirt und dennoch bei der Ath. Arch. eine „Anlage für eine Branche des Marktverkehrs" anerkennt (Pauly, Real-Enc. I, 1979), so kommt es ja auf einen blossen Wortstreit hinaus. Die Anführung einer ἀγορά bei Paus. spricht nicht gegen mich. Auch in Rom behielt der Markt der Republik immer seinen alten Namen trotz der vielen Nebenanlagen.

**) Hertzb. S. 520.

eine Säulenreihe, welche, von Nord nach Süd gerichtet, die das Horologium mit dem Thore der Archegetis verbindende Strasse quer durchschnitt, eine andere, welche im rechten Winkel nach Westen umbiegt und noch über 300 Fuss weit in dieser Richtung sich erkennen lässt. Die Ecksäule bei B. Es sind glatte Säulenschäfte aus hymettischem Marmor mit Kapitellen und Basen aus pentelischem Steine; die Säulenhöhe beträgt 5,20; die Basis der Säule steht 2,30 tiefer als die des Horologiums, welches also in der Mitte auf erhöhtem Platze lag *).

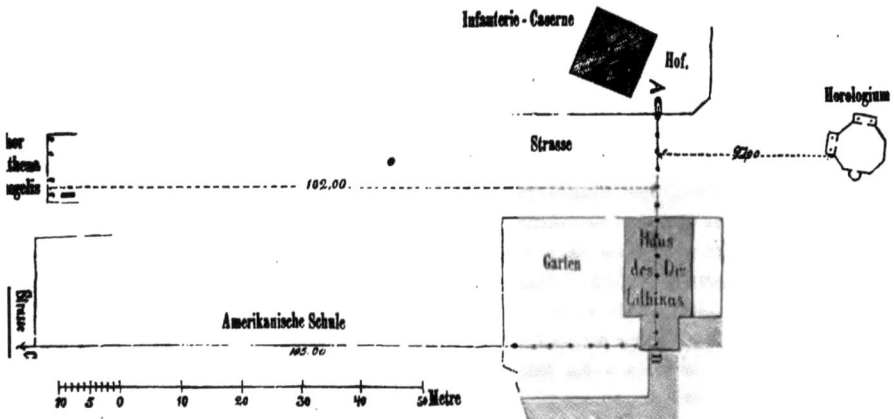

Aus diesen Ueberresten geht so viel mit Sicherheit hervor, dass in der späteren Römerzeit der durch das Horologium als Raum des öffentlichen Verkehrs bezeichnete freie Platz rechtwinklicht durch Säulenhallen eingefasst war und mit dem Nebenplatze, zu dem das Athenathor führte, in architektonischem Zusammenhange stand. Dieser Zusammenhang lässt sich aber noch weiter verfolgen: denn mit dem genannten Thore liegt in einer Linie die Westseite des grossen Gebäudes, welches man gewöhnlich die Stoa des Hadrian nennt und das auch gewiss dieser Zeit angehört **). Es ist ein Viereck von 376 zu 252 Fuss. Die Südseite desselben lief also dem „Oelmarkte" parallel, während die Ostseite so gerichtet ist, dass ein in den Ruinen noch erkennbarer Durchweg gerade auf den Platz des Horologiums führt. Wir haben hier also unverkennbar ein grosses System planmässig angelegter Plätze, die theils von Osten nach Westen, theils von Nord nach Süd gerichtet sind. Die letztern laufen gerade auf den Burgfelsen zu, und zwar auf die Mitte der Nordseite. Hier lag aber neben dem Agraulion zu Pausanias' Zeit das Prytaneion der Stadt, ein Gebäude, welches wir uns ohne einen vorliegenden Marktplatz nicht denken können. Auch lag dasselbe nachweislich im Centrum des Verkehrs der römischen

---

*) Diese Reste sind zuerst von Kumanudes in einem Programme der arch. Ges. in Athen 1860 verzeichnet, dann im 2. Hefte meiner Att. Studien, endlich genauer beschrieben und mit Hülfe Zillers aufgenommen von B. Schmidt im Rh. Mus. 20, S. 161. Darnach die Zeichnung auf dem oben stehenden Holzschnitte. An der Südmauer des Casernenhofs ist ein Stück vom Architrav aus pentelischem Marmor erhalten, es liegt noch auf der Säule, welche bei A aus der Erde hervorragt und noch ihr Kapitell aus pentel. Marmor hat. Ueber andere Säulenreste beim Horologium Ross, Kunstbl. 1836, Nr. 16.

**) Die Säulen sind aber nicht von phrygischem, sondern von pentelischem Marmor.

Stadt, denn von hier gingen, wie die Stadtwanderung des Pausanias zeigt, die Hauptwege nach dem Kerameikos, nach dem Ilissos und nach dem Lenaion aus. Es ist also kaum anders anzunehmen, als dass die genannten Anlagen, welche hier in der römischen Zeit entstanden sind, eine Beziehung auf das Prytaneion hatten. Jedes attische Prytaneion war der Athena heilig, und derselben Göttin sehen wir auch die Wasserleitung so wie die Thorhalle geweiht. Die ionischen Hallen aber, welche den auf das Prytaneion gerichteten Platz eben so einfassen, wie die kimonischen Hallen den Kerameikos, sah schon Ross, als im Jahre 1836 ihre Spuren zum Vorscheine kamen, als Markthallen an *), und da nun alle die bisher in dieser Gegend gefundenen Ueberreste römischer Zeit angehören, so habe ich mich berechtigt geglaubt, hier einen vom Kerameikosmarkte getrennten, neuen oder römischen Marktplatz anzunehmen, welcher vor der Kaiserzeit gegründet und dann von Augustus bis Hadrian mehr und mehr erweitert worden ist. Da nun nach meiner Ansicht von der städtischen Entwickelung Athens das an der Nordseite liegende Prytaneion nicht das älteste der Unterstadt sein kann, so sehe ich dies Prytaneion selbst für eine Gründung dieser Zeit an, in Folge einer neuen Verlegung des Stadtherdes, welcher dem von Westen nach Osten gerichteten Zuge der städtischen Bevölkerung folgte. Denn dies Prytaneion liegt weder an dem Platze, den wir als den ältesten Marktplatz von Athen ansehen müssen, noch auch am Kerameikos, wenn wir nicht diesen Platz auf eine ganz unzulässige Weise über die ganze weite Fläche im Norden der Burg ins Unbestimmte ausdehnen wollen **).

Nun ist freilich von einem Neubau des Prytaneions keine Ueberlieferung erhalten, aber wohl von mancherlei Veränderungen, welche in der römischen Zeit zu Athen eingetreten sind und dahin gewirkt haben, dass der Kerameikos aufhörte, das Centrum des Verkehrs zu sein. So spricht Strabon von dem Platze Eretria, der zu seiner Zeit als Markt diene, und vom Demos Kollytos, der östlich vom Kerameikos lag, heisst es, dass er wegen seiner Benutzung als Bazar in der spätern Zeit eine hervorragende Bedeutung unter den Stadtquartieren erlangt habe. Die dienstsuchenden Tagelöhner, welche früher beim Kerameikos ihren Standort hatten, fand man in späterer Zeit am Anakeion. Endlich ist auch mit dem Sitze der Jugendbildung im römischen Athen eine Veränderung vor sich gegangen. Denn statt des Ptolemaion erscheint unter den Kaisern das Diogeneion als der Hauptplatz des Ephebenverkehrs und der Standort der auf die Epheben bezüglichen Denkmäler. Das Diogeneion aber lag östlich vom Horologium, dort, wo bei der Kirche des Demetrios Katephori die Ueberreste des Gymnasiums zum Vorschein gekommen sind ***).

Unter Trajan baute ein Enkel des letzten Königs von Commagene, Philopappos, vielleicht der Bruder des unter jenem Kaiser zum Consul beförderten C. Julius Antiochos Philopappos, auf dem Gipfel des Museionhügels (S. 7) ein Denkmal, das

---

*) Schorn, Kunstblatt 1836, S. 62.

**) Meine Ansicht vom Prytaneion ist weiter entwickelt in den Att. St. II, S. 54 f. Das Räthsel seiner Lage hat noch kein Forscher in anderer Weise gelöst.

***) Hermes 1, 417. Ueber Eretria u. Koll. Att. St. II, 52 f. Ἀνακεῖον, οὗ νῦν οἱ μισθοφοροῦντες δοῦλοι ἑστᾶσιν, Bekk. Anecd. Gr. I, 12, 12.

mit der Darstellung eines trajanischen Siegs und drei in Nischen aufgestellten Ehrenbildsäulen geschmückt war*).

Die vollste Entfaltung des römischen Philhellenismus erfolgte unter Hadrian. Er wollte sich nicht, wie die früheren Philhellenen, mit der Ehre begnügen, einzelne Prachtbauten auf dem Boden Athens aufgeführt zu haben, sondern er wollte, als zweiter Theseus, ein neues Athen gründen; zum Mittelpunkte desselben wählte er das Heiligthum des Zeus Olympios (dem er eine ähnliche Bedeutung verleihen wollte, wie dem Zeus in Olympia**)), und führte so, indem er die in den letzten Jahrhunderten vorherrschende Richtung der neuen Bauten fortsetzte, die Stadt wieder zu ihrer alten Stadtquelle zurück.

Als deutliches Wahrzeichen des Bezirks, welchen der Kaiser als den Schauplatz seiner Thätigkeit ersah, steht noch heute das Thor, das sich selbst durch seine Inschrift als die Gränze der hadrianischen und der theseischen Stadt bezeichnet. Hadrian fasste also das ganze damals bestehende Athen als Altstadt zusammen, obgleich er selbst noch innerhalb derselben neue Bauten aufgeführt hat, wenn anders die sogenannte Stoa des Hadrian (S. 45) mit Recht diesen Namen trägt. Sein Neu-

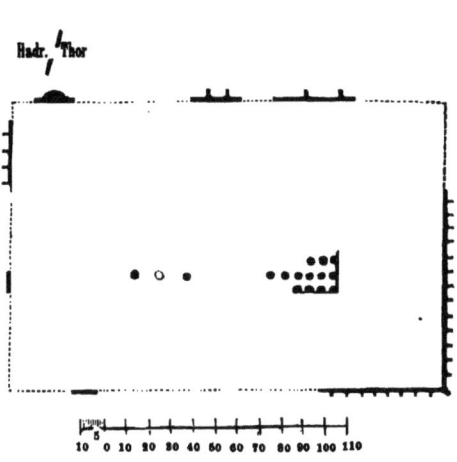

Athen (Novae Athenae auf der Inschrift des Aquädukts) war aber nicht ein an die frühere Stadt angebautes oder in ihren Mauerring aufgenommenes Stadtquartier, sondern es umfasste einen Theil des alten ummauerten Stadtbodens, ging aber über die Mauerlinie hinaus und breitete sich als offene Vorstadt mit ländlichen Wohnungen an dem Ilissos aus. In den Thürmen der alten Mauer findet man noch die Mosaikböden römischer Villen; eine neue Ringmauer aber ist nie gebaut worden und die scharfe Trennung von Stadt und Land war damit aufgehoben.

Ummauert war nur der grosse Tempelhof des Zeus Olympios, dessen Umfang 668 Meter beträgt; in seiner Mitte stand der von einem Walde von Statuen umgebene Tempel, in welchem der von Peisistratos beabsichtigte Prachtbau, wenn auch in sehr abweichender Ausführung, endlich zu Stande kam, wobei es mehr darauf abgesehen war, die Herrlichkeit des Herrn der Welt als die des Himmelskönigs zu feiern***). Aber auch Athen wurde durch diese Gründung als eine Me-

---

*) C. I. no. 362.

**) Sauppe, Gött. Nachrichten 1867, S. 192. So schon Augustus.

***) Rhusopulos, Ἀρχ. Ἐφ. 1862, S. 26. Nach dem sorgfältigen Plane von Rh. und Papadakis ist in dem Holzschnitte oben der Grundriss des Tempelbezirks wiedergegeben mit dem an der NW.-Ecke gefundenen halbkreisförmigen Ausbaue aus Porosstein, welcher, mit Marmorstufen bekleidet, wahrscheinlich einen

tropole der hellenischen Welt geehrt, indem hier alle bedeutenden Hellenenstä
dem Kaiser als ihrem gemeinsamen Wohlthäter durch Standbilder huldigten.
Unter den Antoninen endlich war es der berühmte Sophist Herodes Attik
welcher in grossartigen Bauanlagen mit allen fürstlichen Philhellenen wetteifei
Er bekleidete mit Marmor das von Lykurgos eingerichtete Stadium (S. 39), welc]
nun eine der glänzendsten Zierden der Stadt wurde, namentlich nachdem auf d
einen der gegen den Fluss vorspringenden Höhenränder ein Tempel der Tyche, ;
dem entgegengesetzten aber das Ehrenmal des Herodes aufgerichtet war. [
mittelbar am Fusse der Burg aber baute Herodes zu Ehren seiner Gattin Regi
ein neues Odeion, theaterförmig in den Burgfelsen hineingebaut, nach Philostra
mit Balken aus Cedernholz gedeckt. Es war am westlichen Ende ein prachtvol
Gegenstück zu dem am Ostende der Südseite gebauten Theater. Die Rückwa
mit vierfachen Bogenstellungen über einander zeigt den damaligen Kunstgeschm;
und bildet einen auffallenden Gegensatz zu den ernsten Architravbauten der Bu
höhe, welche dies moderne Prachtgebäude überragen.

Als dies Odeion gebaut wurde, bereiste der wissbegierige Pausanias die h
lenischen Landschaften, emsig erkundend, was er noch von denkwürdigen Ueb
lieferungen des Alterthums im Volke fand, alles Gesehene und Gehörte in sein
Tagebuche treu verzeichnend. Als er reiste, war Hellas reicher an Denkmälern
je zuvor. Die Bauten des Alterthums standen noch meistens unversehrt, und d;
kam der mannigfaltige Schmuck, den die Philhellenen bis auf Hadrian hinzugefi
hatten. Wir folgen in kurzer Uebersicht seiner Wanderung, um Athen, des:
städtische Geschichte wir bis dahin betrachtet haben, in seiner baulichen Voll
dung zu überblicken.

Zur Zeit der Antonine war Hellas ein Land, dessen Bedeutung ganz auf sei
Vergangenheit beruhte. Es verdankte seinen Verkehr und Wohlstand vorzugswe
den gebildeten Fremden, welche auf längere oder kürzere Zeit die Heimath al
höheren Geistescultur aufsuchten. In Folge dessen hatte sich an jedem bed
tenderen Platze eine Zunft von Ciceroni oder Ortsführern gebildet, welche den F
senden die Merkwürdigkeiten zeigten und erklärten. Wo die Fülle derselben s;
bedeutend und der Andrang der Fremden sehr gross war, theilte man das eintri
liche Geschäft und stellte entweder für jede Gattung von Sehenswürdigkeiten]
sondere Führer an (wie z. B. in Olympia Einer sämmtliche Altäre, ein Anderer
Weihgeschenke, ein Dritter die Thesauren u. s. w. zeigte), oder man zerlegte ;
Stadtgebiet in Reviere und richtete verschiedene Curse ein, welche so in einan(
griffen, dass sie zusammen den ganzen Kreis der städtischen Merkwürdigkeiten u
fassten. Nach Beendigung eines jeden Curses oder Giro vertraute sich der Reisei
einer anderen Führung an.

Zugang zum Peribolos bildete. Nach der Aufnahme von Rh. und P. sind verschiedene Theile der Umfa:
mauer durch neuere Wegbauten zerstört worden. Ueber die Basen der Standbilder Arch. Z. 1862, S. 2
Wachsmuth S. 17. Die anderen Werke Hadrians lassen sich nicht nachweisen.

Pausanias war kein Mann von schriftstellerischem Talente und selbständiger Gelehrsamkeit. Er hatte für eine Darstellung des griechischen Landes keinen anderen Beruf als den einer unermüdlichen Lernbegierde; er gab sich also den Ortsgelehrten vollkommen hin und zeichnete in seinem Tagebuche nicht mehr und nicht weniger auf, als was ihm von ihren Mittheilungen wichtig erschien, ohne das Empfangene zu verarbeiten. Daher lassen sich auch in seiner Beschreibung die Absätze wahrnehmen, welche mit dem Wechsel der Ortsführer zusammenhängen, und wir können in seiner Beschreibung Athens einen sechs- oder siebenfachen Curs annehmen: 1) Thorstrasse zum Kerameikos und ein Theil des Markts bis zum Burgaufgange; 2) Kallirrhoë mit ihrer Umgebung; 3) Rest des Markts mit Umgebung bis zum Prytaneion; 4) Olympieion und Ilissosgegend; 5) Tripoden und Theater bis zum Aufgang der Burg; 6) Akropolis. Wahrscheinlich kann man noch als besonderen Giro die Merkwürdigkeiten unter dem Burgaufgang, den Areopag und die alten Blutgerichtshöfe hinzufügen.

Pausanias begann seine Periegese von Hellas mit Attika. Er kam ganz unvorbereitet an und schrieb sich zuerst Alles in solcher Umständlichkeit auf, dass ihm sein attisches Tagebuch später zu weitläufig vorkam und eine abkürzende Redaktion nöthig erschien, die wir sehr zu beklagen haben, weil sie nicht nur die Vollständigkeit, sondern auch die Uebersichtlichkeit seines Berichts beeinträchtigen musste. Seine Abhängigkeit von den Ortsführern war so gross, dass auch diejenigen Wanderungen, welche nicht der topographischen Ordnung folgten, in seiner Schrift dieselbe Stelle einnehmen; daher die Unterbrechung der Marktbeschreibung durch die Kallirrhoëwanderung, welche aus zufälligen Gründen eher vorgenommen wurde, als der zweite Kerameikoscurs beginnen konnte. So erwähnt er das Eleusinion unter der Burg bei Gelegenheit der Mysterienheiligthümer am Ilissos, weil die mit diesen vertrauten Führer zugleich über das verwandte Heiligthum an der Akropolis Auskunft gaben; endlich erwähnt er beim Olympieion auch andere, abgelegene Bauten Hadrians, ohne Zweifel, weil die dort angestellten Führer auch für diese mit angestellt waren. So abhängig ist die Schriftstellerei des Pausanias von den Ortsführern. Auf diese Weise wird sich denn auch wohl die Seltsamkeit erklären, dass Pausanias erst vom Phaleros her zum südlichen oder itonischen Thore (S. 32) in die Stadt hereinkommt und dann plötzlich abbricht, um am westlichen Thore einen zweiten Anfang zu machen, von welchem aus er dann die ganze Periegese bis zu Ende führt. Er war nämlich von der Küste auf dem nächsten Wege heraufgekommen und erst in der Stadt darüber belehrt worden, wie man am zweckmässigsten eine systematische Besichtigung der Stadt vorzunehmen habe. Ein pedantischer Mann wie Pausanias musste darauf ein besonderes Gewicht legen, dass seine Periegese am rechten Punkte anfing, und zu dem solennen Anfange eignete sich kein anderer Punkt als das Dipylon, welches als Gebäude alle anderen Thore überstrahlte, die wichtigsten Heerstrassen aufnahm, in würdigster Weise in Athen und auf den Kerameikos einführte, das eigentliche Vorder- und Prachtthor der Stadt (porta in ore urbis posita) und der einzige mit aller Kunst ausgestattete Eingang derselben war, und endlich seit seinem Bestehen das gewöhnliche Verkehrsthor nach dem Peiraieus.

Das Dipylon behielt seine Bedeutung auch nach Zerstörung der anliegenden

Mauer, welche wahrscheinlich niemals ganz hergestellt worden ist. Hier war ohne Zweifel eine Hauptstation der attischen Ortsführer; von hier haben wir also auch ein gutes Recht, Pausanias seine Besichtigung der städtischen Merkwürdigkeiten beginnen zu lassen.

Für diese Annahme zeugen auch die Gegenstände, welche von Pausanias bei seinem Eintritte erwähnt werden. Ehe er nämlich die Hallenstrasse betritt, welche unmittelbar vom Thore begann, sah er in der Nähe desselben das Staatsgebäude, in welchem die Prozessionen vor ihrem Eintritte in die Stadt mit Geräthen und Gewändern ausgerüstet wurden, das Pompeion*), und den Tempel der Demeter mit den Bildern der eleusinischen Gottheiten. Diese Gruppe lag wahrscheinlich rechts vom Thore an oder auf dem Hügel des H. Athanasios, und sie konnte doch sicherlich keine passendere Lage haben als an dem Thore, welches einerseits mit Eleusis, andererseits mit dem wichtigsten Prozessionswege der Stadt in unmittelbarer Verbindung stand.

Dann ging unser Reisender die Prachtstrasse hinab, welche Thor und Markt verband. Sie war unter den sonst nicht breiten und regelmässigen Strassen der Stadt gewiss einzig in ihrer Art, zu beiden Seiten von Säulengängen eingefasst und unverkennbar darauf eingerichtet, jeden Fremden gleich die geistige Bedeutung von Athen empfinden zu lassen. Die Erzbilder ausgezeichneter Griechen und Griechinnen waren rechts und links von den Säulen aufgestellt; sie fiel ungefähr mit der unteren Hermesstrasse der heutigen Stadt zusammen, denn hier ist der natürliche Zugang von Westen her zu allen Zeiten derselbe geblieben, und wir werden also in dieser Strasse auch denselben Weg erkennen, den die Alten Dromos (Corso) nannten (S. 35), auf welchem das Panathenäenschiff zum Kerameikos hin gerollt wurde, den Weg, von dem Himerios sagt, dass er glatt hinabgehend die zu beiden Seiten sich hinziehenden Hallen von einander trenne; denn wir wissen ja, dass gerade für den Panathenäenzug das Dipylon der Anfangspunkt war**). Die Säulengänge der einen Seite waren, wie Pausanias sagt, einfache Colonnaden, die der anderen Seite (wahrscheinlich zur Linken, weil hier freierer Platz war) Hallen, die mit öffentlichen Anlagen, Heiligthümern und Gymnasien in Verbindung standen. Hier lag der Bezirk des Dionysos, hier der heilige Raum, in welchem Amphiktyon dargestellt war, die bei ihm einkehrenden Götter und namentlich den Dionysos bewirthend. Vom äussern Kerameikos her aber dachte man sich gerade diesen Gott aus Eleutherai eingewandert, und so wird man wohl keinen Anstand nehmen, in Allem, was Pausanias zwischen Thor und Markt sah, eine Bestätigung der Annahme zu erkennen, dass er, wie es an sich im höchsten Grade wahrscheinlich ist, durch das Dipylon die Hauptfeststrasse der Athener hinab zum Markte gegangen sei.

Nun betritt Pausanias den Marktraum des Kerameikos und nimmt der Reihe nach (denn er beginnt: „Die erste Halle zur Rechten" u. s. w.) die denselben einfassenden Gebäude in Augenschein, und zwar, da er, von Norden kommend, sich rechts wendet,

---

*) Bötticher, Philol. 23, 50. Suppl. III, 401. Att. Stud. II, 66.

**) Himerios, Or. III, 12. ἄρχεται εὐθὺς ἐκ πυλῶν, d. h. vom Dipylon. Wachsmuth S. 45 wendet ein, dass der Boden der Agora einige Fuss höher liege als das Terrain bei H. Triada. Aber diese Niveauverhältnisse sind zufälliger Art, da innerhalb des Kerameikos am meisten Schutt angehäuft ist.

zuerst die der Westseite. Hier nennt er drei einander benachbarte Gebäude — Königshalle, Zwölfgötterhalle (Halle des Zeus Eleutherios) und Tempel des Apollon Patroos. Da Pausanias bei der folgenden Gruppe von Gebäuden unzweifelhaft zu der Südseite übergegangen ist, so ist nichts wahrscheinlicher, als dass die ersten drei zusammen die_westliche Einfassung des Markts bilden. Die zweite, eng zusammengehörige Gruppe umfasst die drei Staatsgebäude, Metroon, Rathhaus und Tholos (S. 27), oberhalb deren die Erzstatuen der zehn attischen Stammheroen standen (S. 30). Hier haben wir also ein erhöhtes Terrain, einen Hügelrand, und dass dieser, wie die ganze Oertlichkeit erkennen lässt, kein anderer als der Areshügel ist, geht auch daraus hervor, dass in derselben Gegend der Ares-Tempel angeführt wird. Pausanias geht also an der Südseite des Markts entlang unter dem Areopag hin gegen Osten, also zum Aufgange der Burg, und hier sieht er dem Metroon gegenüber die Standbilder der Tyrannenmörder (S. 30), von denen anderweitig bekannt ist, dass sie dort aufgestellt waren, wo man von der Agora zur Burg hinaufging. Zwischen den zehn Heroen und dem Ares-Tempel sah man die Bildsäulen des Amphiaraos, der Eirene mit Plutos, des Lykurgos, Kallias und Demosthenes, in der Umgebung des Ares-Tempels unter Anderm auch ein Bild Pindars*).

Bei den Standbildern des Harmodios und Aristogeiton ist Pausanias an die Südostecke des Kerameikos gelangt und hat die Beschreibung von zwei Marktseiten beschlossen. Damit war ein Pensum der Fremdenführung vollendet und es folgt ein zweites, dessen Mittelpunkt die Kallirrhoë ist, mit der angränzenden Hügelgegend am Ilissos. Hier lässt er sich das der Quelle benachbarte Odeion (S. 40) zeigen, die Fontäne selbst, dann die jenseits derselben (d. h. flussabwärts**) gelegenen Doppelheiligthümer, das der Demeter und Kora und das des Triptolemos. Das waren die Mysteriengottheiten, welche in Agrai gefeiert wurden und der ganzen Gegend ihre besondere Weihe gaben (S. 24). Von Allem, was hier gewiss in reicher Fülle mitzutheilen war, berichtet der religiös ängstliche Pausanias nichts, auch nicht von dem Eleusinion unter der Burg, welches, wie ich annehme, von denselben Fremdenführern gezeigt wurde, weil es demselben Gottesdienste angehörte. Die Lage des Odeums, der beiden mystischen Heiligthümer und des nach ihnen errichteten Tempels der Artemis Eukleia lässt sich nicht näher bestimmen, als dass sie am Flussrande, wahrscheinlich am linken, gelegen waren, östlich und südlich von der Kallirrhoë.

Der dritte Weg führt Pausanias wieder auf den Kerameikos, aber er knüpft nicht unmittelbar an, wo er denselben verlassen hat; er erwähnt zunächst, was „über den Kerameikos und die Königshalle hinaus liegt". Da die Königshalle an der Westseite des Markts lag, so werden wir also in die Gegend geführt, welche den Markt im Westen überragt; das ist der Höhenzug, auf dessen Ausläufer das

---

*) Wenn Pausanias an dem Bilde Pindars vorüber zu Harmodios und Arist. geht, die unzweifelhaft an der 80.-Seite des Marktes standen, so kann er unmöglich zur Königshalle zurückgekehrt sein. Wenn also Pindar sitzend πρὸ τῆς βασ. στ. Ps. Aesch. Ep. IV, 3 erwähnt wird, so kann dies nur ein unbestimmter Ausdruck sein, der die Aussicht von der Halle auf die Statue bezeichnet. Man kann diesen Widerspruch auch durch Versetzung der Statue oder sonst erklären, auf keinen Fall kann aber, wie mir scheint, die einzelne Notiz gegen die Continuität der Periegese des Pausanias eine solche Bedeutung haben, wie ihr Bursian und neuerdings auch Wachsmuth beilegen.

**) Wachsmuth S. 30.

sogenannte Theseion liegt; er gehörte noch mit zu der Gegend Melite und hiess wegen seiner Lage neben dem Markte der Markthügel (Kolonos agoraios). Dies stimmt durchaus mit dem, was Pausanias hier erwähnt, nämlich dem Hephaistos-Tempel mit dem benachbarten Aphrodite-Tempel. Denn das Hephaisteion lag auf dem Kolonos, in seiner Nähe war der Verkaufsplatz für Schmiedewaaren*). Ebendaselbst war ein Platz, wo die Verdienst suchenden Tagelöhner sich aufzuhalten pflegten, so lange der Kerameikos der Mittelpunkt des bürgerlichen Lebens war; daher der Name Kolonos Misthios.

Von dieser Höhe geht Pausanias ostwärts nach dem Kerameikos zurück, um die begonnene Beschreibung seiner Hallen zu vervollständigen, und zwar ist sein nächstes Ziel die berühmteste aller Markthallen, die sogenannte „bunte" oder Poikile. Da noch zwei Marktseiten frei sind, die östliche und die nördliche, die Nordseite aber von der Hermenreihe gebildet wurde, welche einerseits an der Poikile, andererseits von der Königshalle begann**), so bleibt für jene nach meiner Ansicht der einzig passende Platz die Ostseite. Hier schmückte sie der Königs- und Zwölfgötterhalle gegenüber die andere Langseite des Markts, während die Hermen den Staatsgebäuden am Areopag gegenüber die nördliche Schmalseite des oblongen Raumes bildeten. Hier war vom Dipylon her der Eingang; von hier aus, sagt Xenophon, sollen die Reitergeschwader, welche die Hallenstrasse herunter gekommen sind, ihren festlichen Ritt anstellen, der den Markt der Länge nach durchmass in der Richtung auf die Burg und dann links ab nach dem Eleusinion***).

Auf dem Wege vom Kolonos Agoraios nach der Poikile erwähnt Pausanias den Hermes Agoraios mit einem benachbarten Thore, ohne die Lage genauer zu bezeichnen. Da solche Marktthore aber doch nicht anders denn als Zugänge zum Markte aufzufassen sind, so werden wir auch diesem Thore am wahrscheinlichsten seinen Platz an der Nordseite anweisen, wo die breite Hallenstrasse zwischen den Hermen in den Kerameikos einmündete. Hier aufgestellt bezeichnete der Hermes sehr passend den eröffneten Verkehr der Oberstadt mit dem neu gegründeten Peiraieus. Pausanias ging also an der schmalen Nordseite, an welcher er nur das Thor mit dem Hermes erwähnt, vorüber nach der Ostseite. Damit hat er alle vier Seiten vollendet und fügt nur noch einige Merkwürdigkeiten hinzu, welche sich auf dem innern Raume befanden†). Dazu gehörten die Altäre des Mitleids (Eleos), des Ehrgefühls (Aidos), des Ruhms (Pheme) und des kriegerischen Muths (Horme). Sie lagen in der Nähe des Zwölfgötteraltars, von Baumanlagen umgeben.

Nach Abschluss der Marktbeschreibung erwähnt Pausanias zwei Gebäude in der Nähe des Marktes. Da er nun zuletzt von Westen nach Osten gegangen ist und da die später folgenden Gegenstände auch im Osten des Markts liegen, so ist es an sich sehr wahrscheinlich, dass die zunächst angereihten Gebäude auf derselben Seite liegen, wenn er auch keine nähere Bestimmung über dieselben giebt, als dass sie nicht weit vom Markte entfernt waren. Das eine der beiden Gebäude

*) Χαλκᾶ ὄνομα τόπου, ὅπου ὁ χαλκός πιπράσκεται δέ, ὅπου τὸ Ἡφαιστεῖον. Bekker, Anecd. I, 195. Wachsm. S. 8.
**) Att. St. II, 25.
***) In Betreff der Hermen stimmt mir Wachsmuth S. 52 bei.
†) Ansetzung der πυλίς nach W. S. 52.

ist der Theseus-Tempel, den Kimon inmitten der Stadt baute (S. 35), das andere das Ptolemaion (S. 41). Ist nun das erstere Gebäude, der örtlichen Tradition zufolge*), kein anderes als der wohl erhaltene Tempel im Westen des Markts, so müsste auch das Ptolemaion in der Niederung östlich vom Theseion angesetzt werden. Indessen scheint der erhaltene Tempel nach der obigen Auseinandersetzung vielmehr den Stiftungen auf dem Kolonos Agoraios anzugehören, so dass ich sehr geneigt bin, darin das Heiligthum des in Melite einheimischen Herakles zu erkennen**). Dann würde man also freie Hand haben, das Theseion mit dem Ptolemaion in der Gegend anzusetzen, welche sich zwischen der Poikile, dem „Oelmarkte" und „Neumarkte'' ausbreitet, wie ich es auf dem folgenden Plane gethan habe.

Sicherer bestimmt sind die weiteren Punkte in der Beschreibung des Pausanias, das Anakeion oder Dioskurenheiligthum, das Agraulion und das Prytaneion. Diese drei Anlagen bilden eine zusammengehörige Gruppe am nördlichen Burgabhange. Das Anakeion (S. 36) war ein geräumiger Bezirk unweit der Südostecke des Kerameikos, wo die bewaffnete Mannschaft von Athen sich zu versammeln Platz hatte; darüber lag das Agraulion, dessen Lage durch den Polias-Tempel gesichert ist, und neben demselben das Prytaneion (S. 46).

Von hier beginnt ein neuer Curs und zwar ein doppelter. Der eine führte in die Niederung der Stadt nach dem Olympieion und der oberen Ilissosgegend, wo seit Anlage der Neustadt Hadrians die alte Stadtgränze beseitigt war. Diese Wanderung schliesst sich an diejenige an, welche den Reisenden schon früher in dieselbe Gegend geführt hat, und zeigt aufs Deutlichste die Abhängigkeit desselben von den Ortsführern, so wie die genaue Abgränzung der verschiedenen Curse.

Pausanias geht vom Olympieion zum Pythion, das schon ausserhalb der alten Stadtmauer lag***), besucht dann die „Aphrodite in den Gärten", welche wir in einer der Vegetation günstigen Niederung unweit des Ilissos vorauszusetzen haben werden, und zwar in der Richtung nach dem Lykabettos. Daher hat man dies Heiligthum nicht ohne Wahrscheinlichkeit in dem jetzigen königlichen Gemüsegarten angesetzt†). Von da ging Pausanias nordwärts an den Fuss des Lykabettos zum Gymnasion Kynosarges, dem äussersten Punkte im NO. (S. 32). Dann wendet er sich südöstlich nach dem Lykeion, welches am Wege nach Kephissia in der Gegend des heutigen Rizar on angesetzt werden kann. Hier kommt er wieder an den Ilissos, geht hart am rechten Ufer desselben hinab, erwähnt daselbst das Musenheiligthum so wie den Platz, welchem Kodros durch seinen Opfertod eine unvergessliche Bedeutung gegeben hatte††), und geht dann über den Ilissos nach Agrai hinüber, an demselben Punkte, wo Platon in seinem Phaidros den Altar des

---

*) Arch. Ztg. XXI, 98.

**) ἐπιφανέστατον ἱερὸν ἐν M. Schol. Arist. Ran. 504 in der Nähe des Pherephattion; über die Beziehungen zwischen beiden Bötticher S. 409. Die mystischen Beziehungen beider sind vielleicht ein Grund, weshalb Pausanias sie übergangen hat.

***) Nach Str. 404 war ein Theil der Stadtmauer mit einem Altare des Zeus Astrapaios zwischen Pythion und Olympieion.

†) Surmelis, Attika, S. 175. W. 20. Der Nachweis eines unterirdischen Ganges (κάθοδος ὑπόγειος αὐτομάτη, Paus. I, 27, 4) würde die Frage entscheiden.

††) Die darauf bezügliche Inschrift ist kürzlich wieder aufgefunden: Arch. Ztg. 1866, S. 183*. Wachsmuth S. 21.

Boreas erwähnt und wo ohne Zweifel der direkte Verbindungsweg und zugleich die Feststrasse nach dem Heiligthume der Artemis Agrotera hinüberführte. Vom Artemisheiligthume (H. Petros) kommt er zum Stadion, wo diese Wanderung abschliesst. Jetzt folgt der zweite Weg vom Prytaneion, welcher nahe um den Burgfelsen herumführt. Diese Wanderung ist von allen die am sichersten vorgezeichnete; der Weg durch die „Tripoden" (S. 40) ist durch das Lysikratesmonument gegeben, so wie durch eine zweite, zwischen dem genannten Denkmale und dem Theater gefundene Spur einer Dreifussbasis *). Bei dem Odeion (S. 36) mündete die Strasse in die Ostseite des Theaters des Dionysos. Pausanias steigt die Stufen desselben hinan bis zu der Felsgrotte und wendet sich von einem der Gänge, welche die Flucht der Theaterstufen unterbrechen, westwärts nach den Heiligthümern am Südabhange der Burg, welche ihrer Folge und zum Theil auch ihrer Lage nach feststehen (Kalosgrab, Asklepieion, Themis-Tempel, Hippolytcion, Heiligthümer der Aphrodite Pandemos, Ge Kurotrophos und Demeter Chloe; vgl. S. 23).

Nun folgt der fünfte Theil der Wanderung, die Periegese der Burg. Hier sind alle Hauptpunkte durch die Ruinen gegeben: Propyläen mit Niketempel und Pinakothek; auf dem Wege zum Parthenon die Heiligthümer der Braunonischen Artemis (auf deren Areale durch die Bötticherschen Ausgrabungen die Ecke einer Baugründung zu Tage gekommen ist, welche auf dem Plane angegeben ist, ohne dass über das Alter derselben ein sicheres Urtheil abgegeben werden soll) und der Athena Ergane; nach Beschreibung des Parthenon verzeichnet er den Schmuck der südlichen Burgmauer, geht zum Erechtheion über und kehrt, an der Erzquadriga vorbeigehend, zu den Propyläen zurück.

Den Schluss der ganzen Stadtbeschreibung macht eine Wanderung, welche vom Westfusse der Akropolis beginnt (Apollogrotte nebst Klepsydra und Pansgrotte), sich über den Areopag mit dem benachbarten Heiligthume der Semnai erstreckt und zugleich die nicht weit von dort gelegene Station des panathenäischen Schiffes einschliesst. Sie kann auch von dem Anfange der panathenäischen Prozessionsstrasse nicht entlegen gewesen sein, und so gelangte Pausanias wieder an den Punkt, wo er die normale Periegese der Stadt begonnen hatte. Bei Gelegenheit des areopagitischen Gerichtshofes werden aber auch die anderen alten Gerichtsstätten von Athen nach der Reihe erwähnt, und diese Abschweifung erkläre ich so, dass es für die Gerichtsalterthümer der Stadt besondere sachkundige Führer gab, welche vom Areopag aus die wissbegierigeren Fremden an die anderen altheiligen Malstätten führten, eben so, wie es, wie wir oben sahen, für die auf Geheimdienst bezüglichen Heiligthümer, mochten sie am Ilissos oder an der Burg liegen, eigne Führer gab. Athen galt ja für den ältesten Sitz geordneter Rechtspflege, und unter den reisenden Römern wird es viele gegeben haben, welche gerade für die Antiquitäten der attischen Justiz ein besonderes Interesse mitbrachten **). So liess sich auch Pausanias die verschiedenen Gerichtshöfe zeigen, indem er, wie es seiner persönlichen Neigung entsprach, mit Vorliebe bei denen verweilte, an welchen Gebräuche des hohen Alterthums und religiöse Legenden hafteten. Nachdem er also vier Gerichtsplätze,

---

*) Velsen in Arch. Ztg. 1854, S. 437.

**) ὁπόσοις μέτεστι σπουδῆς εἰς τὰ δικαστήρια, Paus. 28 a. E.

in welchen von attischen Geschworenen über Civilsachen geurtheilt wurde, das „in einem abgelegenen Stadttheile gelegene" Parabyston, das von seiner dreieckigen Form sogenannte Trigonon, das grüne und das rothe Richthaus, genannt hat und dann den grössten aller attischen Gerichtshöfe, die Heliaia, bespricht er ausführlicher die vier Lokale, in welchen, wie auf dem Areopag, über Blutschuld gerichtet wurde, und zwar von dem Collegium der 51 Epheten, welche den alten Geschlechtern Athens angehören mussten, das Palladion, wo zuerst König Demophon wegen unvorsätzlichen Todtschlags gerichtet sein soll, das Delphinion, in welchem Theseus sich wegen eines mit Fug und Recht vollzogenen Todtschlags gerechtfertigt hatte, das Prytaneion, wo über leblose Gegenstände gerichtet wurde, welche eines Menschen Tod herbeigeführt hatten, und endlich Phreattys, eine Gerichtsstätte am Meere, wo Landesverwiesene vom Schiffe aus ihre Sache vertraten.

Von allen diesen Gerichtshöfen ist nur der letzte mit einiger Gewissheit zu bestimmen*). Die vier ersten lagen aber ohne Zweifel in der Nähe des Kerameikos, in Seitenstrassen, welche denselben umgaben. Agora und Gerichtshöfe gehören zusammen und werden auch als benachbart erwähnt; eine Gruppe von kleineren Gerichtslokalen lag in der Strasse der Hermoglyphen**). Für die Heliaia bedurfte es eines grösseren Raums, und wie wir nach allen sonstigen Analogien voraussetzen dürfen, wählte man dazu einen von Natur geeigneten Raum. Ein solcher findet sich aber nirgends besser als am Südwestfusse der Akropolis, woselbst Herodes Attikos sein Odeion baute (S. 48), und da Theater wie Odeion bei den Griechen vielfach als bürgerliche Versammlungsräume benutzt wurden, so ist es mir sehr wahrscheinlich, dass auch dies Gebäude mit zu dem Zwecke aufgeführt worden ist, um den attischen Richtern in ihren zahlreichsten Versammlungen einen bequemen Sitzungsraum einzurichten. Auf jeden Fall ist klar, dass ein solcher Platz schon vor der Zeit des Herodes seine Bedeutung gehabt haben muss, und da derselbe in der Nähe des Kerameikos liegt, da er von Natur eine hohle Form hat, wie eine solche der Heliaia zugeschrieben wird, und zugleich das „Hinaufgehen" vom Kerameikos auch sehr wohl passt, so vermuthe ich, dass Pausanias denselben Raum als Heliaia nennt, welchen nach seiner Abreise von Athen Herodes Attikos als Odeion ausgebaut hat***).

Unter den Malstätten attischer Blutgerichtsbarkeit tragen zwei ihren Namen von benachbarten Heiligthümern, die eine vom Palladion, wo das angeblich aus Ilion stammende Bild aufbewahrt wurde, in der Nähe des Ilissos nach der phalerischen Seite hin, die andere vom Delphinion, das in derselben Gegend unweit der Kallirrhoë lag. Die dritte Malstätte war die „im Prytaneion" genannte, wie Pausanias sagt, und ihre Gründungslegende knüpft sich an den Urtheilsspruch, welcher über das Beil gefällt worden sein soll, mit welchem zur Zeit des Königs Erechtheus der erste Stier getödtet war. Demnach kann diese Gerichtsstätte nur in dem ältesten Prytaneion auf der Burg oder in dem von hier nach der Südstadt verpflanzten Stadthause von Alt-Athen angesetzt werden. Die Verwaltung der Stadt änderte

---

*) Siehe auf dem Plane des Peiraieus die Quelle und Felsbucht südlich von Zea.

**) Plut. de genio S. c. 10. Schöm. Opusc. I, 227. Att. St. II, 42.

***) Peterson, Zwölfgöttersystem, 1853, S. 36. Att. Stud. II, 42. Siehe den beifolgenden revidirten Plan der Stadtmärkte.

ihren Sitz mehrfach im Laufe der Jahrhunderte, aber die an religiöse Traditionen gebundene Criminaljustiz ist mit ihren alterthümlichen Sühngebräuchen immer an ihren alten Plätzen verblieben, hier wie auf dem Areopag und bei den Heiligthümern der Pallas und des Apollon, und diese Malstätten, an denen die Privilegien der alten Adelsgeschlechter sich unverändert erhalten haben, gehören nach meiner Ueberzeugung sämmtlich in den Umkreis der altpatrizischen Stadt, das Kydathenaion. Dort lag das alte Stadthaus der Athener, welches vor der Vereinigung der um die Akropolis und der am Ilissos ansässigen Einwohnerschaften der einzige Gerichtshof der Erechthiden war und nur für die Fälle, welche aus religiösen Gründen nicht auf dem Markte verhandelt werden konnten, durch den Areopag vertreten wurde*).

Dass hier nicht das Stadthaus an der Nordseite der Burg gemeint sein kann, bestätigt sich, wie mir scheint, auch dadurch, dass Pausanias einer gewissen periegetischen Pedanterie zufolge es auf das Sorgfältigste vermied, ein Gebäude zweimal zu nennen. Das Delphinion hat er freilich schon oben genannt, aber nicht die Sühnstätte bei dem Delphinion, welche ein besonders abgegränzter Raum war. Wäre aber das Gericht, vor welchem über Beile, herabgestürzte Balken u. dgl. Recht gesprochen wurde, in dem Prytaneion der Nordstadt gewesen, so hätte er dasselbe Gebäude ganz gegen seinen Brauch zweimal besucht und zweimal besprochen. Ich glaube also, dass Pausanias vom Areopag aus durch die Niederung zwischen Akropolis und Philopappos, die er früher nur von oben, d. h. von der Burgterrasse, gesehen hatte, das alte Kydathenaion entlang zu den beiden Malstätten in der Nähe der Kallirrhoë gegangen ist, sich dann im Mittelpunkte der Eupatridenstadt bei dem Altmarkt das als Gerichtsstätte fortexistirende alte Stadthaus von Athen zeigen und sich endlich auch den Weg nach Phreattys nicht verdriessen liess.

––––––––––

Das Odeion des Herodes ist das Gebäude, mit welchem die ganze Baugeschichte Athens, die wir von den ersten Felsgründungen an überblickt haben, abschliesst, wenn wir von einzelnen Restaurationen an dem Burgaufgange und am Theater absehen**). Es war das einzige namhafte Gebäude, das zu Pausanias' Zeit noch nicht vorhanden war. Indessen blühte die Stadt als ein Sitz des höheren Jugendunterrichts noch eine Zeit lang fort, wie die zahlreichen Inschriften beweisen, welche bis in die Zeit Valerians hineinreichen und den Beweis liefern, dass noch hundert Jahre nach der Wanderung des Pausanias Athen in Frieden und Wohlstand von dem Kapitale des geistigen Ruhms zehrte, welches es der perikleischen Zeit verdankte. Es war ein Wallfahrtsort für Alle, welche auf höhere Bildung Anspruch machten und in dem guten Glauben lebten, dass schon dadurch eine gewisse Weihe über sie käme, wenn sie eine Zeit lang auf dem Boden von Athen verweilten, und dass sie durch den Besuch der Akademie, des Lykeion und der Poikile zu Philosophen würden. Dieser Cultus, der mit der Stad getrieben wurde, erlosch erst durch Aus-

––––––––––

*) Auch Bursian, Geogr. v. Gr. I, 302, setzt sehr richtig Delph. und Palladion in das Kydathenaion. Prytaneion und Thesmothesion nennt Plut. Symp. 9 9 unter den συνέδρια ἀριστοκρατικά.

**) Bursian, Berichte der S. Ges. der Wiss. 1860, S. 214. Restitution des Bühnengebäudes durch den Archonten Phaidros: Vischer, N. Schweiz. Mus. 1863, S. 52.

breitung des Christenthums, und als der Bischof Synesios, 11 Jahre nach dem Edikte des Theodosios gegen das Heidenthum (391), Athen besuchte, spottet er über die Stadt, von der, wie von einem Opferthiere, nur noch das Fell übrig und deren Poikile keine Poikile mehr sei, seitdem der Proconsul die Stoiker hinausgejagt und die Tafelgemälde fortgeschleppt habe *).

Inzwischen hatte schon unter Valerianus (253—269) die Angst vor den nordischen Barbaren begonnen. Damals fühlte man zuerst das Bedürfniss, die seit dem mithridatischen Kriege in Verfall gerathenen Stadtmauern wieder auszubessern. Man pflegte dieser Zeit die Mauer zuzuschreiben, welche sich vom Aufgange der Burg über 500 Schritt gerade gegen Norden in die Tiefe des Kerameikos hinabzieht, dann nach Osten umbiegt und nach einer geraden Erstreckung von 600 Schritt bei der Kirche des Demetrios Katiphóri wieder nach der Akropolis sich hinanzieht. Es ist eine gewaltige Mauer, mit einem inneren Gange versehen, mit Benutzung aller im Wege liegenden Steinmaterialien (Säulen, Architrave, Sessel, Altäre, Inschriften, Weihgeschenke) aufgethürmt und absichtlich so geführt, dass sie die Massen grosser Stadtgebäude in sich aufnahm, wie namentlich die Attaloshalle und das Diogeneion (S. 46). Sie hat wesentlich dazu beigetragen, die Zerstörung dieser Gebäude zu vollenden, aber auch wiederum der Wissenschaft den Dienst geleistet, dass sie in sich eine Menge von Alterthümern, namentlich von Inschriftsteinen, aufbewahrt hat, welche, wenn sie zerstreut liegen geblieben wären, grösstentheils spurlos verloren gegangen sein würden. Es sind aber jetzt wohl alle sachkundigen Gelehrten darüber einverstanden, dass diese sogenannte „Valerianische” Mauer einer späteren Zeit angehört. Sie wird wohl erst nach dem Verfalle der attischen Gymnasien, welche durch Justinian geschlossen wurden, entstanden sein, und daher hat man sie neuerdings der fränkischen Zeit zugeschrieben, aus welcher auch der Thurm stammt, welcher über dem südlichen Propyläenflügel sich erhebt **).

Damals war die Akropolis wieder ein Dynastensitz, die herzogliche Kanzlei im Nordflügel der Propyläen und an der Kallirrhoë ein herrschaftliches Lusthaus. In der türkischen Zeit (seit 1456) war die Residenz des Gouverneurs bei der „Stoa des Hadrian”. Um 1674 beginnt die nähere Bekanntschaft mit Athen durch die Mittheilungen der daselbst ansässigen Jesuiten und die Gesandtschaftsreise des Marquis de Nointel, welcher die Bildwerke der Akropolis durch Carrey zeichnen liess. Seitdem hat eine stets fortschreitende Zerstörung der Denkmäler stattgefunden, entweder dadurch, dass Heiligthümer, die sich als Kirchen erhalten hatten, verlassen und in Folge dessen einem allmählichen Verfalle preisgegeben wurden, wie z. B. der ionische Tempel am linken Ufer des Ilissos, oberhalb der Kallirrhoë ***), oder durch Umbau alter Gebäude, wie ihn der mehrfache Wechsel des Cultus veranlasste †), oder endlich durch gewaltsame Katastrophen, wie die durch die Belagerung des Jahres 1687 verursachte, welche binnen drei Tagen, wie Leake mit Recht sagt, die Denkmäler

---

*) Synesios, Epist. 54 u. 135. Brunn, Gesch. d. griech. Künstler, II, 62. Welcker, Alte Denkmäler, IV, 226.

**) Vischer im N. Schweiz. Mus. 1863, S. 51. Siehe die Schlussvignetten.

***) Laborde, Athènes aux 15e, 16e, et 17e siècles, I, 126.

†) Ross, Arch. Aufsätze, I, 272, der aus dem Bau des Minarets im Parthenon den Untergang des Heiligthums der brauronischen Artemis herleitet.

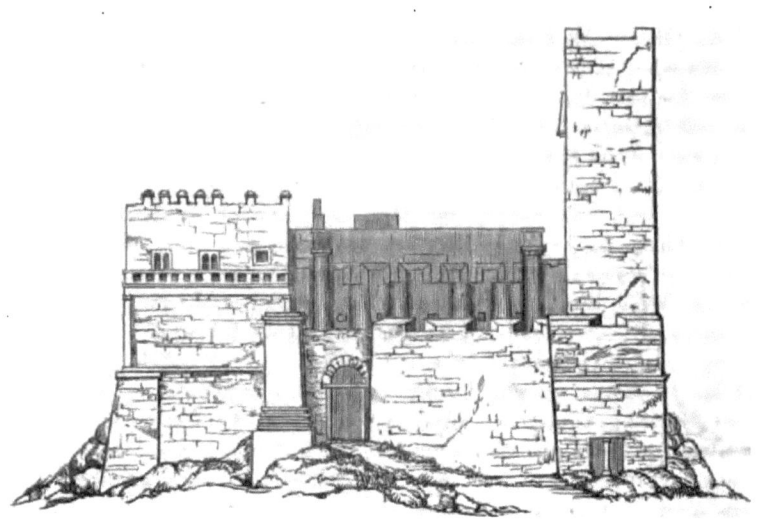

1834.

schwerer beschädigte, als viele Jahrhunderte der Barbarei es vermocht hatten. Sie
machte Athen auf einige Monate venetianisch. Gewaltsame Zerstörung anderer Art
erfolgte durch die Festungsbauten am Aufgange der Burg, welche den Abbruch
des Niketempels veranlassten, und ganz besonders durch den Neubau einer Ringmauer, welche Hadschi Ali 1778 aufführen liess. Dabei wurden, um Material zu
gewinnen, die Brücke am Stadium, die Wasserleitung am Lykabettos, die Tempel-
reste am Ilissos zerstört*). — Inzwischen hatten 1751 durch Stuart und Revett
die wissenschaftlichen Arbeiten für attische Denkmäler begonnen, welche seit
der Wiedergeburt eines hellenischen Königreichs mit gesteigertem Eifer betrieben worden sind. Namentlich wurde auf der Akropolis in den Jahren 1835—37
der alte Eingang wieder hergestellt, der Tempel der Athena Nike wieder aufgerichtet und eine so glückliche Aufräumung des durch türkische und venetianische
Bastionen verbauten Terrains erzielt, wie die obenstehenden Holzschnitte es veran-
schaulichen. Für die Erforschung der unteren Stadt aber war es ein grosses Un-
glück, dass Athen zur Hauptstadt des Königreichs gemacht und im Juni 1833 der
Plan genehmigt wurde, nach welchem die neue Residenz sich über die ganze Niederung im Norden der Akropolis ausbreitete. Anfänglich hatte man die gute Absicht, den Raum nördlich und östlich unter der Akropolis frei zu halten, um hier
nach und nach Ausgrabungen zu machen und die gefundenen Denkmäler mit An-

---

*) Ross, Arch. Aufs. I, 267.

1836.

lagen zu umgeben, aber die Gränzlinie wurde bald überschritten und über dem alten Schutte, welcher bis 25 Fuss hoch den Kerameikos deckt, erhoben sich die neuen Häuserreihen, um, wie es scheint, für alle Zeit eine zusammenhängende Erforschung des alten Bodens unmöglich zu machen. Ausserdem fährt man unausgesetzt fort, um Baumaterial zu gewinnen, die Felshöhen von Athen und damit zugleich die Ueberreste der ältesten Ansiedelungen durch Pulver zu zerstören; endlich haben auch die Anlagen von Strassen und Boulevards, welche in den letzten Jahren der Regierung des Königs Otto unter Leitung eines französischen Architekten gemacht wurden, namentlich in der Ilissosgegend dazu beigetragen, die Spuren des Alterthums verschwinden zu lassen und selbst die natürlichen Formen des Terrains umzugestalten.

Verzeichniss der mitgetheilten Karten und Pläne nebst Bemerkungen zu einzelnen Blättern.

Karten.

Blatt I. 1. Uebersichts-Karte von Athen und seinen Häfen.

2. Terrain-Karte von Athen.

3. Die Märkte von Alt-Athen

nach meinen „Attischen Studien" II., „der Kerameikos und die Geschichte der Agora von Athen". Göttingen 1865. Nach einer neuen Revision findet sich derselbe Plan verbessert in der Textbeilage 4 zu S. 55. Die Kreuze bezeichnen die Lage von Kapellen: die Namen derselben finden sich in den eben erschienenen „Athenae Christianae" von August Mommsen, Leipzig 1868.

Bl. II. Plan vom Peiraieus.

Da dieser Karte im Texte keine nähere Besprechung zu Theil wird, füge ich einige Bemerkungen an dieser Stelle bei.

Der Peiraieus ist durch das Halipedon (S. 6) von der oberen Ebene getrennt und der Name umfasst ursprünglich das ganze Gebirge, welches einst eine Küsteninsel war und dann durch Anschwemmung ein Vorgebirge wurde, eine in das Meer laufende, offene Rheden und geschlossene Seebuchten bildende Halbinsel, wie sie auf Bl. 1 am Uebersichtlichsten dargestellt ist.

Von Natur ein abgesonderter Theil des attischen Landes, hat er auch seine besondere Geschichte gehabt, welche mit den alten Seefahrerstationen zusammenhängt. Es erwuchs aber aus den Zuwanderungen in diesem Uferstriche eine doppelte Niederlassung, Peiraieus an der munychischen Höhe und Phaleros östlich von Munychia, auf dem kleinen Vorgebirge, wo die Kapelle des H. Georg steht. Siehe Bl. 1. Beide Gemeinden gehörten zu der Gaugenossenschaft, welche im Herakleion (S. 9 f.) ihren religiösen Mittelpunkt hatte und ausser Phaleros und die halbkreisförmige Buchten zwischen Munychia umfasste. Aus den vier Orten wurde ein Ort, eine Stadtgemeinde, eine der attischen Zwölfstädte, und zwar wahrscheinlich unter dem Namen Peiraieus, da dieser auch sonst als eine der Hauptstädte des Landes vor Theseus genannt wird (Festus, Quadrub. Ath.); auch ist Peiraieus mit der munychischen Felshöhe (S. 10) das natürliche Centrum der Umgegend. Nach der Vereinigung von ganz Attika wurden die engeren politischen Kreise aufgelöst und der Peiraieus ein attischer Gauort so gut wie Phaleros, Thymoitadai u. s. w. Die Bedeutung der einzelnen Orte war jetzt durchaus abhängig von ihrer Beziehung zu Athen, und da für Athen die halbkreisförmige Buchten zwischen Munychia und H. Georgios die nächste und bequemste war, so wurde sie jetzt die Rhede der Athener. Hier wurden die für Schifffahrt und Küstenschutz nöthigen Anlagen gemacht, und die „Fremdenstrasse", welche Athen mit dem Auslande verband (Plut. Thes. 18), ist keine andere als der Weg nach Phaleros.

Als die Nähe feindlicher Seestaaten neue Einrichtungen verlangte, wie sie der vorgeschrittenen Kunst des Hafenbaues entsprachen, wurde die natürliche Organisation des Uferlandes politisch verwerthet und der Peiraieus mit seinen drei natürlichen Hafenbuchten zur Hafenstadt gemacht (S. 30); der städtische Ausbau erfolgte aber erst durch Hippodamos in der Zeit des Perikles.

Das sehr weitläufige Terrain ist niemals gleichmässig bewohnt gewesen. Wir unterscheiden 1) den Athen zugewandten Stadttheil, welcher seinen Mittelpunkt in dem „hippodamischen Marktplatze" hatte; er lag in der Niederung zwischen der jetzigen Stadt und dem Felsberge Munychia. Vom Markte ging ein breiter Weg zur Burghöhe hinauf, wo die Heiligthümer der Artemis Munychia und der Bendis lagen (Xen. Hell. II, 4, 11). Zur Seite des Wegs das Theater und oben am südwestlichen Rande die auf der Karte angegebene Felshöhle, von welcher der Treppengang in die Tiefe hinabführt, der merkwürdige Ueberrest der ganzen Hafenstadt (S. 10). 2) Die Umgebung des Haupthafens. Hier lagen der heilige Bezirk des Zeus Soter und der Athena Soteira, dem heimkehrenden Schiffer opferten, und härter am Meere das Aphrodision, wo Konon ein Heiligthum der Euploia stiftete. Das grosse Bassin selbst war getheilt in das **Emporion**, den Freihafen und einzigen Handelshafen von Athen, der durch eine Mauthlinie ($\dot{\varepsilon}\mu\pi o$-$\varrho iov$ $\varkappa a i$ $\dot{o}\delta o\tilde{v}$ $\delta\varrho o\varsigma$) vom Strassen- und Binnenverkehre gesondert und mit Uferquais eingefasst war, auf denen die Kornhalle, die Hafenbörse ($\delta\varepsilon\tilde{i}\gamma\mu a$), die Lagerhäuser, Kaufläden, Herbergen u. s. w. standen, und den **Kriegshafen** (Kantharos), die dem **Eingange** nächste Bucht, dem Vorgebirge Eëtionia gegenüber. Hier waren die **Werften** mit den

Schiffshäusern (94), das Arsenal (σκευοθήκη), in dessen Fundamenten 1834 die Inventar-Urkunden der attischen Marine gefunden wurden, die Magazine und Werkstätten; es war ein grosser, nur den amtlich Beschäftigten zugänglicher Raum. Nach vollendeter Ausrüstung wurden die Kriegsschiffe an den Damm gelegt, welcher, von beiden Seiten vorspringend, den durch Ketten schliessbaren Eingang des Hafens bildete. An dem Damm hielt auch der Rath während der Rüstungszeit seine Sitzungen. 3) Die grosse, blattartig sich ausbreitende Halbinsel, Akte genannt (ἀκτή· ἐπιθαλαττίδιός τις μοῖρα τῆς Ἀττικῆς. Harpokr.), rings ummauert, mit kleinen Seepforten (Lyc. c. Leocr. c. 6), mit vielen Steinbrüchen (ἀκτίτης λίθος), regelmässig bewohnt nur an der östlichen Küste, auf den gegen Norden sich senkenden Terrassen. Hier unterscheidet man deutlich alle Haupt- und Nebenstrassen; von den unteren Stockwerken sind noch die Steine an ihrer Stelle erhalten. In der kleinen Bucht quillt in einer wannenartigen Austiefung ein laues Wasser, Τζιρλονερό. Wahrscheinlich eine uralte Sühnstätte und dann die Gerichtsstätte Φρεαττύς (S. 55). In Verbindung mit der städtischen Ansiedelung an dieser Küste stand auch wohl die theaterförmige Ausrundung mit den darüber liegenden uncannelirten Säulenresten des Metroon (Comparetti, Annal. dell' Inst. 1862, p. 23 ff.). Darunter der Hafen Zea mit 196 Schiffshäusern; die Breite derselben schwankt zwischen 4,30, 4,40, 3,90. — 4) Die südlichen und südöstlichen Abhänge mit dem kleinsten, nach der Burghöhe benannten Hafen (82 Schiffshäuser). Grotte im Felsufer der Insel Stalida gegenüber; oberhalb des Abhanges uralte, in Felsen ausgehauene Wohnungen und Heiligthümer. Der Hafen ist geschützt durch ein kleines Kastell, in welchem man eine obere und eine untere Terrasse unterscheidet, die durch schroffe Felswände von einander getrennt sind; mitten im unteren Theile ragen wilde Felsmassen hervor. Hieher flüchtete Archelaos: App. B. Mithr. 40. Mächtige Dämme schliessen den Hafen gegen das offene Meer; auf dem nördlichen Damme erkennt man ein viereckiges, gegen Osten gerichtetes Gebäude und Säulenstücke von piräischem Steine. — Ausserhalb der Peiraieus und Munychia umfassenden Ringmauer ist auf der Landseite noch eine merkwürdige Ruine zu bemerken; sie ist westlich von dem Grabmale der französischen und englischen Soldaten angegeben, ein von aufrecht stehenden Steinen eingehegter viereckiger Platz. Südlich vom Grabmale erkennt man halbkreisförmige Terrassen, welche sich gegen Osten öffnen und senken. Man glaubt das obere Ende eines grossen Zuschauerraums zu sehen, weshalb ich de port. Ath. p. 50 vermuthete, dass hier der Hippodrom ἐν Ἐχελιδῶν gewesen sei. Der Demos Echelidai müsste sich dann nördlich vom Peiraieus nach dem salaminischen Meere erstreckt haben.

Bl. III. Plan von Athen mit zwei Durchschnitten.

Die Benennungen der Kapellen sind zum Theil schwierig festzustellen. So haben wir für die Kapelle südlich von der H. Triada von Schaubert und Pittakis den Namen Athanasios angenommen; Andere, auch A. Mommsen, schreiben Anastasios.

Bl. IV. Die alte Felsenstadt von Athen.

Siehe S. 14. Dies Blatt wie das folgende verdanke ich der Güte des Herrn Architekten W. P. Tuckermann.

Bl. V. Felsmonumente von Athen.

1. Die sogenannte Pnyx (Altarhügel).

Ansicht der beiden Terrassen mit der Rückwand der oberen, der Rückwand der unteren und der halbkreisförmigen Polygonmauer nebst den bei den Aufgrabungen zu Tage getretenen Treppenstufen unterhalb derselben.

2. Der Felsaltar (vulgo Bema) auf der sogenannten Pnyx.
Vgl. S. 16, Anm.

3 u. 4. Gräber, Wohnplätze und Cisternen in der Gegend der sogenannten Pnyx.
Vgl. S. 15.

4(bis), 5 u. 6. Grundriss, Ansicht und Profil der Felskammern am Fusse des Museion (sogenanntes Gefängniss des Sokrates).

Bl. VI. Die Akropolis nebst zwei Durchschnitten und der Ansicht einer Gruppe der Votivnischen an der Nordwestseite, den Makrai (petrai) der Burg nach Penrose und Bötticher, gez. von Wex.

Bl. VII. 1. Theater des Dionysos, aufgenommen von H. Strack.

Vgl. W. Vischer: Die Entdeckungen im Theater des Dionysos zu Athen im N. Schw. Museum 1863. Hittorf, Recherches archéologiques en Grèce faites sous les auspices du gouvernement de Prusse Revue Arch. 1862, und den Plan von Ernst Ziller in der Arch. Zeitung von Athen, welcher das Resultat der Ausgrabungen bis zum März 1863 darstellt. Dieser Plan konnte nach den späteren Terrainuntersuchungen in der Weise vervollständigt werden, wie er hier vorliegt.
Die Vervollständigung betrifft 1) den Zuschauerraum, und zwar sowohl in dem Halbrunde der Sitzplätze als auch in seiner äusseren Begrenzung, namentlich an der Ostseite; 2) das Scenengebäude. Was die westliche Begrenzung des Theaters betrifft, so ist die geradlinige Mauer, welche zur Akropolismauer hinaufsteigt, eine aus alten Sitzstufen

errichtete. Wo sie an ihrem südlichen Ende auf die Umfassungsmauer des Theaters stösst, geht eine Mauerlinie gegen Westen ab. Es ist dieselbe Mauer, welche in ihrer Fortsetzung der Terrasse des Asklepieion u. s. w. als Unterbau gedient hat. Auf der Ostseite des Theaters sieht man ein entsprechendes Mauerstück, das ebenfalls einer Terrassenmauer angehört. Es ist wohl die Terrasse, auf welcher Pausanias vom Odeion zum Theater kommt. — Von der Orchestra geht, wie der Plan zeigt, ein Kanal in südöstlicher Richtung nach der Niederung von Limnai hinunter; er ist aus grossen Quadern gebaut, welche nebst den Decksteinen wohl erhalten sind. Endlich ist noch zu dieser Karte zu bemerken, dass die dem Maassstabe beigeschriebenen Ziffern falsch sind. Man lese 5 statt ½; 10 statt 1; 20 statt 2; 30 statt 3.

2. **Felshügel der H. Marina, aufgenommen von Dr. J. Schmidt, Prof. an der Universität und Direktor der Sternwarte in Athen.**
Vgl. S. 14.

3. **Umgegend von Dekeleia.**

4. **Die Burg bei Dekeleia.**

3 u. 4 sind unter Leitung und nach Aufnahme des Herrn von Strantz gezeichnet und bestimmt, eine der wichtigsten Lokalitäten von Attika, welche wir auf unserer Reise näher untersuchten, genauer, als es bisher geschehen ist, darzustellen. Nr. 3 ist eine zur Orientirung bestimmte Uebersichtskarte der Diakria mit Benutzung der Finlay-Aldenhovenschen Karte in Finlay's Remarks on the Topography of Oropia and Diakria. Athens 1838. Man sieht hier die drei festen Punkte an der Nordgrenze von Attika, Aphidna, Dekeleia und Phyle. Dekeleia in der Mitte, an dem wichtigsten aller nach Norden führenden Pässe, der bei der Quelle von Tatóy in ein Défilé eintritt. Südöstlich von dem Passwege breiten sich auf einem stattlichen Hügel die Ruinen der alten Zwölfstadt Dekeleia aus; nordwestlich erhebt sich die steile Felskuppe, 2568 Fuss, der von Athen aus deutlich sichtbare Gipfel der Parneskette, auf welchem die Lakedämonier sich 413 vor Chr. festsetzten, um von hier aus namentlich die Strasse nach Euboia zu beherrschen, auf welcher Athen die nöthigsten Lebensbedürfnisse herbeischaffte. Den Charakter dieses Felsennestes veranschaulicht der Grundriss. Die Befestigung besteht aus unordentlichem Gemäuer. Eine nähere Quelle als die von Tatóy haben wir nicht gefunden.

Textbeilagen.

1. Frontispice. **Der Salaminische Golf mit den anliegenden drei Ebenen.**
Zur Erläuterung der S. 5 f. gegebenen Darstellung der geschichtlichen Verhältnisse.

2. **Altarterrasse des Zeus Hypsistos. Terrain-Karte nebst Nivellement nach W. P. Tuckermann.**
Vgl. S. 16 f.

3. **Grabstätte bei Hagia Triada (Dipylon), 1863 aufgegraben, nach Salinas.**
Vgl. S. 38.

4. **Die Märkte von Athen.**
Neue Revision des Blatt 1. u. 3 gegebenen Entwurfs. Vergl. Seite 55. Ich habe hier zu verbessern gesucht, was Bursian de foro Athenarum in Betreff von Melite an meinem früheren Plane der athenischen Marktplätze mit vollem Rechte gerügt hat. Darnach glaube ich jetzt den Kolonos agoraios, Aphrodision und Hephaisteion nebst Eisenmarkt so wie das Herakleion von Melite richtig angesetzt zu haben. Auch die Heliaia habe ich auf diesem Plane anzugeben gewagt; die ganze Anlage des Herodes Attikos zeugt dafür, dass hier seit alten Zeiten ein theaterähnlicher Versammlungsort gewesen ist (vergl. W. P. Tuckermann, das Odeion des Herodes Atticus. Bonn 1868, S. 2). Dass auch mit diesem Plane kein Abschluss erreicht sei, verkennt Niemand weniger, als der Herausgeber; er ist aber der festen Ueberzeugung, dass durch unverdrossene Forschung endlich doch feste Resultate erzielt werden können, wenn auch nicht ohne neue Terrainuntersuchungen, welche noch umfänglicher und gründlicher angestellt werden müssen. Meine Gefährten und ich glauben bei beschränkten Mitteln innerhalb weniger Wochen das ihnen Mögliche geleistet zu haben.

Holzschnitte.

1. (S. 45) **Spuren alter Bauanlagen beim „Thurme der Winde".**
2. (S. 47) **Der Tempelbezirk des Zeus Olympios im Grundrisse.**
3. (S. 58)) **Ansicht des Burgaufgangs vor und nach der Wiederaufrichtung des Tem-**
4. (S. 59)) **pels der Athena Nike** nach Ross, Schaubert und Hansen Niketempel.

Druck der Engelhard-Reyher'schen Hofbuchdruckerei in Gotha.